EL HOMBRE
QUE FUE JUEVES

G. K. Chesterton

Título: El hombre que fue Jueves
Título original: *The Man Who Was Thursday: A Nightmare*
Autor: G. K. Chesterton

© Edimat Libros, SA
C/ Primavera, 10, nave 35
28500 Arganda del Rey
Madrid-España
www.edimat.es

Traducción: Rodrigo Díaz Núñez
Diseño de cubierta: Karakachoff Estudio
Ilustración de cubierta: Pablo Estevez para Karakachoff Estudio

ISBN: 978-84-9794-689-6
Depósito Legal: M-24802-2025

Impreso en China - *Printed in China*

INTRODUCCIÓN

El escritor inglés Gilbert Keith Chesterton, más conocido como G. K. Chesterton, nació el 29 de mayo de 1874 en Londres. Fue periodista, novelista, ensayista y escritor de libros de viajes cuyo sentido del humor y sentido común lo convirtieron en uno de los autores más admirados del siglo XX. Hijo de Edward Chesterton y de su esposa Marie Louise Grosjean, instalados en Kensington, donde tenían una agencia inmobiliaria. Los Chesterton tuvieron tres hijos: Beatrice, Gilbert Keith y Cecil. Beatrice murió muy joven y el padre prohibió a la familia que hablasen del tema y destruyó casi todas las fotografías de la hija. Poco después, Edward dejó el negocio familiar anticipadamente debido a problemas de corazón, pero mantuvo una renta que le permitió dedicarse a sus propias inquietudes, como el arte, la jardinería y la literatura.

El propio Chesterton describe en su *Autobiografía,* con su proverbial sentido británico del humor, las circunstancias de su nacimiento: «Doblegado ante la autoridad y la tradición de mis mayores por una ciega credulidad habitual en mí y aceptando supersticiosamente una historia que no pude verificar en su momento mediante experimento ni juicio personal, estoy firmemente convencido de que nací el 29 de mayo de 1874, en Campden Hill, Kensington, y de que me bautizaron según el rito de la Iglesia anglicana en la pequeña iglesia de St. George». Al parecer, ese bautizo fue más bien por presión social o por convencionalismo, puesto que los padres no eran creyentes practicantes, eran lo que en la época se denominaba «librepensadores».

Su educación básica tuvo lugar de 1881 a 1886, e ingresó en 1887 en un centro educativo privado. Chesterton describió aquel sistema educativo por el que tuvo que pasar como «ser instruido por alguien a quien yo no conocía, sobre algo que yo no quería saber». Seguidamente estudió dibujo y pintura en la Slade School of Fine Arts de 1893 a 1896. Llegó a ser un dibujante diestro y contribuyó con sus ilustraciones para sus propias obras como para las de otros escritores.

En aquella época se interesó en el ocultismo, muy en boga por entonces en la cultura y la sociedad británicas. En su *Autobiografía* cuenta que de todos los que se dedicaban al espiritismo, o a los «juegos con el demonio», él era el único que creía realmente en aquellas cosas: «Me imagino que no son casos raros. De todos modos, aquí el punto consiste en que bajé lo suficiente como para descubrir al diablo y, aunque fuera débilmente, de reconocerlo. Al menos nunca, en esta primera etapa vaga y escéptica, me gustaron mucho los argumentos corrientes sobre la relatividad del mal o la irrealidad del pecado. Quizás, cuando al fin emergí como una especie de teórico y fui descrito como un optimista, fue debido a que yo era una de las pocas personas en aquel mundo de lo diabólico que realmente creía en los diablos». Tras un período de descubrimiento personal, abandonó la Universidad y empezó a trabajar como editor literario sobre temas espiritistas y teosóficos en diferentes periódicos, además de asistir a las reuniones sobre esos temas. Se volvió agnóstico «militante».

Se casó en 1901 con Frances Blogg, que era practicante de la religión anglicana y que en un principio lo ayudó a acercarse al cristianismo desde su militancia agnóstica. La pareja se mantuvo unida y compartieron la fe hasta el final de sus vidas. Ella lo ayudó en la gestión de su trabajo y en reforzar su tarea vital en todos los aspectos. Más adelante, Chesterton se acercó al cristianismo y recuperó el anglicanismo, la religión de su infancia. En esta renovada creencia se adentró cada vez más en los escritos de los padres de la Iglesia.

Mantuvo una correspondencia constante con varios sacerdotes y amigos católicos, que lo ayudaron a ir saliendo poco a poco de su pensamiento para llevarlo hacia la fe católica, en cuya Iglesia entró oficialmente en 1922. No obstante, realizó diversas críticas al conservadurismo de la Iglesia Católica Romana, en las que decía que no quería una Iglesia que fuese adaptándose a los tiempos, ya que el ser humano siempre es el mismo y necesita que lo guíen: «Nosotros realmente no queremos una religión que tenga razón cuando nosotros tenemos razón; lo que nosotros queremos es una religión que tenga razón cuando nosotros estamos equivocados...». Su conversión al catolicismo provocó un enorme revuelo.

Chesterton poseía un aspecto físico notable, medía 1,93 metros y pesaba 130 kilos. Se dice que en cierta ocasión le comentó a su amigo George Bernard Shaw, que era hombre enjuto y delgado: «Al verte, se podría pensar que una hambruna asoló Inglaterra», a lo que Shaw contestó: «Al verte a ti, se podría pensar que tú causaste la hambruna». Solía llevar capa y un sombrero arrugado, con un bastón espada en la mano y un cigarro en la boca. Tenía tendencia a olvidar dónde tenía que ir y a perder por eso el tren que debía llevarlo al lugar donde debería estar. Se contaba que en muchas ocasiones enviaba un telegrama a su esposa desde algún lugar preguntándole cosas como: «Estoy en tal o cual lugar. ¿Dónde debería estar?», a lo que ella respondía «¡en casa!». Se ha especulado que esos «despistes» y el hecho de que Chesterton era muy torpe de niño pudieran ser correspondientes a un caso de trastorno de déficit de atención.

En su búsqueda de la verdad encontró varios obstáculos, pero siempre estuvo dotado de una mentalidad abierta y no se detuvo ante estos muros, a no ser que estuviera convencido de que debía derribarlos para poder continuar con su búsqueda. Se le atribuye la frase: «No hay que derribar una valla hasta que se sepa la razón por la que fue puesta».

Chesterton ha sido etiquetado como conservador porque destaca valores de la tradición y del mundo antiguo —sobre todo medieval—, pero realmente, su pensamiento es el del tradicionalismo político. Escribió desde una perspectiva cristiana, pues para él, el *cristianismo* es la llave que permite abrir la cerradura del misterio de la vida. Sus argumentos nunca son teológicos, sino basados en la razón, la experiencia y la historia, y en defensa de la sensatez, para él la virtud suprema del hombre, pues nos hace saber estar en la vida y en el mundo. Parte desde el asombro por la existencia, pues podríamos no ser: «Hay un mundo real ahí fuera que es esencialmente bueno y hermoso, por tanto hay que estar alegres y llenos de agradecimiento». Chesterton es profundamente enemigo del sentimentalismo, la contrapartida del racionalismo.

Murió el 14 de junio de 1936 en Beaconsfield. Al parecer, en un estado más lúcido de su agonía dijo: «El asunto está claro ahora. Está entre la luz y la sombra, y cada uno debe elegir de qué lado está». Su esposa, Frances, que estuvo todo su proceso final junto a *él,* lo vio despertar por última vez, estando presentes ella y Dorothy, la hija que ambos adoptaron. Chesterton la reconoció y dijo sencillamente,

«Hola, cariño». Luego se dio cuenta de que allí también estaba Dorothy, y dijo, «Hola, querida». Esas fueron sus últimas palabras, que quizá no fueron lo que muchos esperarían de uno de los mayores escritores del siglo XX, pero hay quien señala que «Aun así, sus palabras fueron sumamente apropiadas, en primer lugar, porque estaban dirigidas a las dos personas más importantes de su vida, su mujer y su hija adoptiva, y en segundo lugar porque eran palabras de saludo y no de despedida, y señalaban un comienzo, no un final».

Chesterton escribió unos ochenta libros, centenares de poemas, alrededor de doscientos cuentos y artículos, ensayos y obras menores en cantidad innumerable. Al inicio de su carrera fue conocido por sus artículos periodísticos, luego publicó su primera novela en 1904, *El Napoleón de Notting Hill,* que inspiró la revuelta irlandesa contra la dominación y la colonización británicas. Escribió la obra *Herejes* (1905) y tres años después publicó *Ortodoxia,* en la que refleja su evolución espiritual a lo largo de su vida. Otra obra de esa época es *La esfera y la cruz* (1910). Su continua preocupación por los problemas sociales lo llevó a escribir *Qué está mal en el mundo* (1910). Su novela más conocida es *El hombre que fue Jueves* (1908), alegoría sobre el mal y el libre albedrío. De 1912 es *La balada del Caballo Blanco,* un extenso poema épico histórico.

En 1922 publicó *Mi visión de los Estados Unidos,* con ocasión de su primer viaje a Estados Unidos y Canadá. En 1925 apareció *El hombre eterno,* que trata de la Historia del mundo hasta el principio de la Era Cristiana, y en una segunda parte desde ese inicio hasta la actualidad. Se afirma en algunos medios que *El hombre eterno* es su libro más trascendente, debido a la influencia que ha venido ejerciendo en muchos escritores, entre ellos C.S. Lewis y Evelyn Waugh. Se le conoce también como aforista «Loco es quien lo ha perdido todo, menos la razón» pues emplea mucho ese recurso en toda su obra, y aunque él mismo no escribió ningún libro de compilaciones, hay muchos estudiosos que los extraen de las obras para darlos a conocer en forma de libros de aforismos.

Quizá su personaje más característico sea el padre Brown, a quien en el primero de los relatos, *La cruz azul,* describe así: «El pequeño sacerdote era la esencia misma de aquellas llanuras orientales; tenía una cara redonda y embotada como un buñuelo de Norfolk, unos ojos tan vacíos como el mar del Norte y llevaba varios paquetes de papel de estraza que no conseguía mantener juntos». Con este personaje, sacerdote católico de aspecto humilde, descuidado e inofensivo, que llevaba siempre un paraguas enorme, y con sus aventuras policíacas consiguió la popularidad a gran escala. Este sacerdote de aspecto ingenuo suele resolver los crímenes más enigmáticos, atroces e inexplicables gracias a su conocimiento de la naturaleza humana, y no tanto por deducciones lógicas y grandes malabarismos mentales. La habilidad del autor consiste en sugerir que la explicación «irracional» es la única y la más racional, para después revelar la sencilla respuesta al misterio. Dicho de otro modo: en los casos donde se invoca la presencia de lo sobrenatural y en los que alguien se convence rápidamente de la existencia de un milagro o de la intervención divina, el padre Brown, a pesar de su devoción, es hábil para encontrar en poco tiempo la explicación más natural y perfectamente ordinaria a un problema en apariencia insoluble.

Chesterton escribió unos cincuenta relatos con este personaje, que fueron publicados originalmente entre 1910 y 1935 en revistas británicas y estadounidenses (publicar en folletos o «entregas» en la prensa era costumbre en aquella época). Fueron recopilados posteriormente en cinco libros, *El candor del padre Brown*, *La sagacidad del padre Brown*, *La incredulidad del padre Brown*, *El secreto del padre Brown* y *El escándalo del padre Brown*. Otros tres relatos con este personaje se publicaron más tarde, *La vampiresa del pueblo*, *El caso Donnington*, descubierto en 1981, y *La máscara de Midas*, que el autor terminó poco antes de morir y fue encontrado en 1991. Y, por supuesto, se han realizado películas y series televisivas con el atípico detective.

En las novelas del padre Brown se cuentan historias como la de un hombre asesinado por sus sirvientes mecánicos *(El hombre invisible)*, o como la de un libro que produce la muerte de quien lo lee *(El maligno influjo del libro)*. En el relato *La honradez de Israel Gow* narra la historia de un aristócrata que muere en un castillo donde lo había acompañado un criado discapacitado mental. En *El ojo de Apolo* narra la historia de una muchacha rica que encuentran muerta al haberse caído por el hueco del ascensor, pero lo que parece un accidente sencillo, aunque terrible, se complica cuando aparece una peculiar secta de adoradores del Sol de la cual formaba parte la muchacha. En *La mues-*

tra de la espada rota, nos encontramos a un héroe histórico, mostrado de una forma extraña y aterradora al descubrir el religioso detective la verdad que se escondía tras el mito.

El hombre que fue Jueves

La novela *El hombre que fue Jueves; una pesadilla* (en las publicaciones en inglés es habitual añadir una especie de subtítulo al título principal) se publicó en 1908 y pertenece a una variedad literaria peculiar. Aunque se reviste de trama policíaca, en la que el suspense y la sorpresa tienen un papel destacado, los críticos ven en esta obra una novela de tesis, o una fantasía policíaca, o un relato onírico (de ahí lo de «pesadilla»), o un panfleto político. No sólo despliega los mismos elementos narrativos, dramáticos y metafísicos propios de Chesterton, sino que seguramente es la mayor obra maestra del autor. En un primer momento, nos parece estar ante una novela diáfana, una peripecia llena de acción que no ofrece prácticamente ni un solo momento de respiro; sin embargo, se va apoderando del relato una atmósfera de extraña inquietud a medida que el desarrollo argumental va revelando su sorpresa. Pero no es la sorpresa, como un simple efecto del suspense, lo que persigue Chesterton, sino situarnos en un terreno de arenas movedizas que no ofrecen apenas un lugar sólido desde el que podamos reflexionar sobre la verdadera naturaleza humana.

En un Londres emblemático y surrealista del cambio al siglo XX (es la ciudad del fin de los días, el enorme Leviatán en el que se libra la batalla definitiva entre el Bien y el Mal), el poeta Gabriel Syme es reclutado por una sección contraanarquista de Scotland Yard. Lucian Gregory, anarquista, tiene una airada discusión sobre el propósito de la poesía con Syme, quien adopta una posición opuesta, y además no lo toma en serio como anarquista. Poco después, el frustrado Gregory lleva a Syme a una reunión anarquista local para mostrarle que sí es un auténtico anarquista. Por casualidad, el capítulo anarquista local tiene que elegir esa noche a quién les ha de representar en el Consejo Central de Anarquistas del mundo entero. En vez de elegir al anarquista Gregory, los asistentes de la reunión eligen al agente Syme, quien se vale de su ingenio para fingir ser él mismo anarquista y ganar los corazones de los asambleados después de un apasionado discurso. Este Consejo Mundial consta de siete hombres, cada uno con el nombre clave de cierto día de la semana. A Syme se le adjudica el nombre de Jueves.

Syme pretende destruir al jefe del grupo, de nombre clave Domingo, porque lo asusta y «un hombre no debe dejar nunca en el universo nada que lo atemorice», pero descubre al final que Domingo personifica todo aquello por lo que lucha él mismo. Lo que Syme cuenta sobre su propia educación coincide mucho con la propia educación de Chesterton, por lo que este personaje quizá sea el más autobiográfico de sus personajes. Sin embargo, en sus esfuerzos por desbaratar los planes del Consejo, Syme descubre que los otros seis miembros también son policías o agentes encubiertos para derrotarlo. Todos ellos acaban por descubrir que luchan unos contra otros y no contra los anarquistas, y que así era el plan de Domingo, el presidente del Consejo. Entramos en la conclusión, vertiginosa y bellamente surrealista: los seis campeones del orden dan con el inquietante y escurridizo Domingo, que se hace llamar «la paz de Dios». En realidad, Domingo es el hombre que reclutó a los demás para la lucha contra los anarquistas, pero ninguno de ellos logra identificarlo, pues sus reuniones individuales con él para su reclutamiento tuvieron lugar en una oficina muy oscura. Domingo había planeado una estrategia muy inteligente y hábil, basada en «ser el enemigo cuyos planes se conocen de antemano», pero va aún más allá y hace que los miembros de la cúpula del Consejo sean miembros de lo que él llama «la policía culta», cuyos integrantes son personas inteligentes y preparadas, y artistas como poetas, escritores y actores.

Domingo ha creado una extraña asociación, muy relacionada con aspectos del misticismo cristiano, por eso les dice en determinado momento: «¿Quieren ustedes que les diga el secreto del mundo? Pues el secreto está en que sólo vemos las espaldas del mundo. Lo vemos sólo por detrás, por eso nos parece tan brutal. Aquello de allí no es un árbol, sino la espalda del árbol; aquello otro no es una nube, sino la espalda de una nube. ¿No ven ustedes que todas las cosas están como volviéndose a otra parte y escondiendo la cara? ¡Si pudiéramos salirle al mundo por delante...!».

Syme, el héroe caballeresco de Chesterton, casi puede considerarse como un matador de dragones, como un trasunto contemporáneo de la leyenda de san Jorge, y su personaje de Domingo es casi una caricatura física del propio autor, un hombre de gran tamaño, de cara enorme y complexión extraordinaria. A lo largo de la novela, Chesterton va lanzando con su habitual fino sentido del humor sus aviesos dardos contra la filosofía de Schopenhauer, el pensamiento de Nietzsche y la ideología anarquista de su época. Es un relato en el que se tipifican pensamientos modernos, pero no con argumentos, sino con incidentes simbólicos, una especie de novela alegórica. Con su acostumbrado ingenio describe dos historias a la vez: una entretenida y aparentemente superficial, y otra trascendente y enigmática, en la que vincula los acontecimientos del relato con versículos bíblicos; no obstante, prefiere que la liviandad y el sentido del humor tuviesen la primacía sobre cualquier otra cosa.

Para Jorge Luis Borges, que no dejó nunca de leerlo y de admirarlo, Chesterton fue un incomparable inventor de cuentos fantásticos: «Pienso que Chesterton es uno de los primeros escritores de nuestro tiempo y ello no sólo por su venturosa invención, por su imaginación visual y por la felicidad pueril o divina que traslucen todas sus páginas, sino por sus virtudes retóricas, por sus puros méritos de destreza».

Y el mismo Borges sentencia: «Chesterton habría podido ser un Edgar Allan Poe o un Franz Kafka, pero prefirió —y hay que agradecérselo— ser Chesterton».

EL HOMBRE
QUE FUE JUEVES

CAPÍTULO PRIMERO

Los dos poetas de Saffron Park

El barrio de Saffron Park estaba en el este de Londres, era una mancha roja y rasgada como una nube crepuscular que recortaba contra el cielo la silueta fantástica de casas extrañas de ladrillos claros y hasta el trazado de las calles era peculiar. Había sido creado por un promotor atrevido que pretendía tener inclinaciones artísticas. Un sujeto que describía la arquitectura de su barrio lo mismo como «estilo isabelino», que como «estilo Reina Ana». Se ve que, en su cabeza, ambas soberanas eran la misma persona.

El barrio tenía fama de ser una colonia de artistas, y no porque hubiera una especial actividad artística allí, sino porque el aspecto, el ambiente era «de arte». También hay que decir que era un sitio muy agradable, si bien sus ínfulas de centro intelectual resultaban algo exageradas. Un forastero que se fijara por primera vez en aquellas curiosas casas rojas, probablemente se preguntaría cómo de raros serían sus habitantes. Y, si se encontrara a uno, esa sensación no iba a cambiar. Este lugar era no sólo agradable, era perfecto siempre que se viera, no como un despropósito, sino como un sueño. Aunque sus habitantes no fueran artistas, el conjunto resultaba artístico. Como ese joven con sus cabellos cobrizos y su cara impúdica, no es que sea un poeta: es que es un poema. Ese señor mayor, con su gran barba salvaje y su gran sombrero salvaje, no es un orador venerable, no es un filósofo: es una cuestión filosófica. Ese personaje que parece un catedrático, con el cráneo calvo y lustroso como un huevo duro, con ese cuello larguirucho como el de un pájaro, al que no le corresponden los aires de estudiado que se da, no ha hecho ningún descubrimiento de biología, pero ¿no será él en sí mismo una criatura extraordinaria que pueden estudiar los biólogos? En resumen, digamos que Saffron Park hay que observarlo desde esta perspectiva: no como un taller de artistas, sino como una obra de arte, delicada y perfecta. Al entrar en él, tenía uno la impresión de que iba a participar en aquella comedia.

Esta encantadora irrealidad era más patente por la noche, cuando aquellos techos peculiares lucían un abanico de valores de sombra a la puesta de sol, y todo aquel enclave quimérico se desprendía, por así decirlo, visiblemente del mundo normal, como una nube que flota en el cielo. Esta belleza era ciertamente irresistible las noches de fiestas locales, cuando los grandes farolillos chinos iluminaban los jardines colgando de los árboles raquíticos como frutos monstruosos. Y este encanto fue más sensible, más irresistible que nunca, una tarde que aún se recuerda en el vecindario y en la que el héroe fue el poeta pelirrojo.

Por otro lado, ya había sido el héroe de bastantes otras veladas anteriores a ésta. No había día en que no se oyera, desde que caía la noche, la voz alta y profesoral de aquel joven, desde el fondo de su pequeño jardín, dictando reglas a la humanidad y, más concretamente, a las mujeres. La actitud de las mujeres en estas ocasiones era también singular, pues la mayoría de ellas (me refiero a las que vivían en el arrabal) pertenecían a la categoría de mujeres emancipadas, y por ello no se callaban a la hora de protestar contra la supremacía del varón. Sin embargo, estas personas «modernas» estaban siempre dispuestas a tener una deferencia con un hombre que las mujeres normales nunca tienen: escucharlo cuando hablaba.

Y, en cierto sentido, el señor Lucien Gregory, el poeta pelirrojo, merecía ser escuchado, aunque fuera sólo para reírse de lo que decía. Recitaba la vieja cantinela de la anarquía del arte y el arte de la anarquía con cierta frescura, que al menos proporcionaba un placer momentáneo. Algo le ayudaba su aspecto llamativamente singular, que cultivaba, como se suele decir, sacándole el máximo partido. Su pelo rojo oscuro con raya al medio, era literalmente como el de una mujer y se curvaba en suaves rizos como los de las vírgenes de la pintura italiana anterior a Rafael. De la melena sobresalía una cara ovalada de querubín que se proyectaba ancha y brutal con un mentón adelantado en un gesto de chulería castiza. Esta fisonomía lo mismo enervaba que crispaba los nervios de una población neurótica, pues parecía un cruce entre un ángel y un simio.

Aquella noche en concreto si por algo se recuerda en el barrio es por su extraño crepúsculo. Parecía el fin del mundo, en el que el cielo aparecía cubierto por un plumaje vívido y tangible. Diríase que el cielo estaba lleno de plumas, y de plumas que casi le acariciaban a uno el rostro. En la mayor parte de la cúpula celeste eran grises, con toques irisados violetas y morados, así como rosa imposible y verde pálido. Pero hacia el oeste el espectáculo se volvía indescriptible, transparente y poético, y sus últimas plumas de rojo incandescente cubrían el sol ofreciendo una belleza inusitada. Aquel cielo se cernía demasiado cerca de la tierra como practicando un sigilo intenso. El mismo empíreo parecía un secreto que expresaba voluptuosa sencillez que es la esencia del patriotismo local. Hasta el cielo parecía pequeño.

Por eso digo que habrá vecinos que recuerden aquella noche sólo por ese cielo opresor. Y otros la recordarán porque supuso la primera aparición en el barrio del segundo poeta de Saffron Park. Durante mucho tiempo el revolucionario pelirrojo había reinado sin rival, y esta soledad se acabó abruptamente la noche del crepúsculo. El nuevo poeta, que se presentó como Gabriel Syme, era un humano de aspecto ordinario, con una barba puntiaguda y pelo rubio claro, si bien, se comentaba que quizás era menos manso de lo que aparentaba. Señaló su entrada en escena llevándole la contraria al poeta ya establecido, Gregory, sobre en qué consistía la poesía. Dijo que él (Syme) era un poeta de la ley y el orden, y, aun más, dijo que era un poeta de lo respetable. Y por eso todos los vecinos de Saffron Park lo vieron como si en ese momento hubiera aterrizado allí llovido de aquel cielo increíble.

Tanto es así que el señor Lucian Gregory, el poeta anarquista, señaló la relación entre ambos acontecimientos.

—Es bien posible —dijo con su arrebatado tono lírico—, es perfectamente posible que una noche tan llena de nubes y colores crueles haya puesto sobre la faz de la tierra un portento tan singular como un poeta respetable. Dice usted que es un poeta de la ley, yo le digo que usted es una contradicción en sus propios términos. Lo que me extraña es que no haya habido cometas y terremotos la noche en la que apareció usted en este parque.

El hombre de mansos ojos azules y afilada barba clara soportó este tronar con cierta solemnidad sumisa. El tercer miembro del grupo, Rosamond, la hermana de Gregory, que tenía las mismas trenzas pelirrojas que su hermano, pero con una cara más agraciada bajo ellas, rio con una la mezcla de admiración y desaprobación con la que solía contemplar al oráculo familiar.

Gregory continuó con guasa y fina oratoria:

—Un artista es idéntico a un anarquista —gritó—, son dos términos que se pueden intercambiar siempre. Un anarquista es un artista. Un hombre que lanza una bomba es un artista, y lo es porque prefiere un momento de gloria sobre cualquier otra cosa. Comprende que es mucho más valioso un fogonazo de luz cegadora, una sacudida de un fenomenal estruendo, que los meros cuerpos normales de unos pocos policías informes. Un artista no respeta ningún gobierno y desprecia cualquier convención. El poeta disfruta sólo del desorden. Si esto no fuera así, lo más poético del mundo sería una línea de metro.

—Y lo es, efectivamente —dijo el señor Syme.

—¡Tonterías! —dijo Gregory, que se volvía muy racional cuando otra persona proponía planteamientos paradójicos—. ¿Por qué todos los oficinistas y obreros que van en metro parecen tan tristes y cansados, tan extremadamente tristes y cansados? Se lo diré. Es porque saben que ese tren va bien. Es porque saben que para cualquier destino que hayan comprado el billete, ahí van a llegar. Es porque después de pasar Sloane Square saben que la siguiente estación es Victoria, y sólo Victoria. ¡Cómo sería su emoción, sus ojos abiertos como platos y sus almas de nuevo en el Edén, si la siguiente estación fuera inopinadamente Baker Street!

—Es usted el que no es poético —replicó el poeta Syme—. Si lo que usted dice de los oficinistas es cierto, entonces es que son tan prosaicos como la poesía que hace usted. Lo raro es hacerlo bien, lo normal, lo grosero es fallar. Si entendemos que es épico cuando un hombre que lanza una flecha alcanza un pájaro en la distancia, no habrá de ser igualmente épico cuando un hombre que utiliza un motor alcanza una estación en la distancia. El caos no es interesante, porque en el caos el tren efectivamente podría ir a cualquier sitio, a Baker Street o a Bagdad. Pero el hombre es un mago, y su magia consiste precisamente en eso, en que dice Victoria y ¡tachán!, llega a Victoria. No, quédese con sus libros de poesía vana y prosa, a mí déjeme que lea una tabla de horarios soltando lágrimas de orgullo. Quédese usted con su Byron, que celebra los fracasos de los hombres, y a mí deme a Bradshaw, que celebra sus victorias. ¡Deme a Bradshaw, le digo!

—Ah, ¿se va usted? —preguntó Gregory sarcásticamente.

—Le digo —continuó Syme con pasión—, que cada vez que llega un tren yo siento que ha atravesado líneas enemigas, y que el hombre ha ganado una batalla contra el caos. Dice usted despectivamente que cuando se sale de Sloane Square necesariamente se llega a Victoria. Yo le digo que se pueden hacer millares de cosas distintas, y que, siempre que veo que llego allí resoplo aliviado. Y que cuando oigo al revisor gritar la palabra «Victoria», esa palabra significa mucho para mí. Para mí es el grito de un heraldo que anuncia una conquista, para mí es efectivamente «Victoria», es decir, la victoria de Adán.

Gregory sacudió su cabeza pesada y pelirroja con una sonrisa pausada y triste.

—E incluso en ese caso —dijo—, nosotros los poetas siempre preguntamos: «¿Y qué es Victoria ahora que ha llegado a ella?». Piensa usted que Victoria es como el nuevo Jerusalén. Sabemos que el Nuevo Jerusalén sólo puede ser como Victoria. Sí, el poeta no encaja ni siquiera en las calles del paraíso. El poeta siempre se está rebelando».

—¡Y dale! —dijo Syme irritado—. ¿Qué tiene de poético rebelarse? Es como decir que es poético marearse en un barco. Estar revuelto es rebelarse. Tanto estar revuelto como rebelarse pueden ser de vital importancia en ciertas situaciones desesperadas, pero que me expliquen a mí lo que tienen de poético. La revuelta en un sentido abstracto es algo que revuelve, es decir, que induce al vómito.

La muchacha esbozó un fastidio al oír aquella palabra desagradable, pero Syme estaba demasiado excitado como para echarle cuenta.

—¡Lo poético es que las cosas salgan bien! —gritó—. Nuestras digestiones, por ejemplo, que funcionen de forma regular y silenciosa, eso es la base de toda la poesía. Sí, lo más poético, más poético que las flores y que las estrellas, lo más poético que puede haber es no estar revuelto.

—¿Ah, sí? —dijo Gregory con tono altivo—. Los ejemplos que usted elige...

—Disculpe —le cortó Syme—, pensaba que habíamos abolido todas las convenciones.

Sobre la frente de Gregory se descolgó el primer mechón pelirrojo.

—¿No pretenderá usted —dijo—, que haga la revolución en este jardín?

Syme lo miró fijamente con una sonrisa dulce.

—No lo pretendo —dijo— pero supongo que si usted fuera verdaderamente un anarquista eso es precisamente lo que haría.

Los ojos de buey de Gregory parpadearon súbitamente como los de un león enfurecido y dio la impresión de que se le erizaba la melena.

—¿Entonces usted piensa —dijo con tono peligroso—, que mi anarquismo no va en serio?

—¿Cómo dice?

—¿Qué si mi anarquismo no va en serio? —gritó con los puños apretados.

—¡Pero, señor mío! —dijo Syme y echó a andar.

Con sorpresa y con cierto placer advirtió que Rosamunde aún lo acompañaba.

—Señor Syme —le dijo ella—. ¿Las personas que hablan como usted y mi hermano suelen realmente pensar lo que dicen? ¿Usted piensa lo que dice?

Syme sonrió.

—¿Y usted? —le preguntó.

—¿A qué se refiere? —preguntó con tono grave.

—Querida señorita Gregory —dijo Syme suavemente—, existen muchos tipos de sinceridad e insinceridad. Cuando usted dice «se lo agradezco» al que le pasa la sal ¿realmente lo piensa? No, efectivamente es cierto, pero no lo piensa. Y, a veces alguien como su hermano sí que encuentra algo que realmente piensa, que puede ser una media verdad, un cuarto de verdad o una décima parte de verdad, pero entonces dice más de lo que opina, llevado por el impulso irreprimible de expresar su opinión.

Ella lo miraba con el ceño fruncido. Su expresión era grave y su mirada directa empezaba a reflejar esa responsabilidad instintiva que yace en el corazón de hasta la mujer más frívola del mundo, la vigilancia maternal que existe desde que el mundo es mundo.

—¿Entonces es o no es un anarquista de verdad? —preguntó.

—Sólo en ese sentido en que lo acabo de explicar —replicó Syme—, o, mejor dicho, en ese sinsentido.

Sus cejas se fruncieron aún más y dijo abruptamente:

—Él no andará con bombas o cosas de ésas. ¿Verdad?

Syme prorrumpió en una risotada, que se alargó hasta acabar pareciendo demasiado larga para su escueta figura de dandi.

—¡No, por Dios, no! —dijo—, esas cosas se hacen anónimamente.

Y la boca de ella se estiró buscando una sonrisa mientras pensaba con placer en el sinsentido y en la seguridad de Gregory.

Syme caminó con ella hasta un banco en la esquina del jardín, y allí continúo explicando lo que opinaba. Pues era un hombre sincero y, a pesar de sus aires vanos y superficiales, en esencia era humilde. Y un hombre humilde siempre habla demasiado. Mientras que un hombre orgulloso se controla demasiado. Él defendió la respetabilidad con violencia y exageración, y ensalzó apasionadamente la corrección y el orden. Había constantemente un olor a lilas en torno a él y, en cierto momento, oyó el murmullo lejano de un órgano que empezaba a tocar y pensó que sus heroicas palabras se acomodaban a una sutil melodía que surgía bajo o sobre la tierra.

Miró y habló ante aquella cabellera colorada y la cara de interés de la chica durante lo que parecieron unos minutos, y al cabo, considerando que en un sitio así los grupos deberían mezclarse, se puso de pie. Se sorprendió al comprobar que no había nadie más en aquel jardín, y él mismo se fue excusándose de manera bastante precaria. Se fue con una sensación de champán en la cabeza, que más tarde no sería capaz de explicar. En los acontecimientos enloquecidos que siguieron aquella chica ya no estaba, y no la volvió a ver hasta una vez finalizada esta historia. Y aun así, de alguna manera inexplicable, ella aparecía insistentemente como un estribillo musical en todas sus aventuras posteriores, y la gloria de su curioso cabello atravesaba como hilo rojo los tapices oscuros y desdibujados que forman la noche. Ya que lo que siguió fue tan increíble que podría haber sido un sueño.

Cuando Syme salió a la calle iluminada por las estrellas, la encontró en un primer momento vacía. Entonces notó algo especial, notó que el silencio era más un silencio vivo que un silencio muerto. Delante de la puerta había una farola, cuyo halo doraba las hojas del árbol que se inclinaba sobre la verja detrás de él. Al lado del poste de la farola había una figura tan rígida e inmóvil como el propio poste, que llevaba un sombrero negro de copa y una levita del mismo color y cuya cara oculta en la sombra quedaba tan oscura como su vestimenta. Sólo un mechón de pelo color fuego bajo la luz y una cierta agresividad en la actitud denotaban que se trataba del poeta Gregory. Recordaba a un espadachín enmascarado esperando a su enemigo con el sable en la mano.

Hizo un medio saludo que Syme correspondió con otro algo más formal.

—Le estaba esperando —dijo Gregory—. ¿Podemos hablar un momento?

—Desde luego. ¿Sobre qué? —preguntó Syme con desdén.

Gregory golpeó con su bastón la farola y después el árbol.

—Sobre *esto* y *esto* —gritó—, sobre orden y anarquía. Ahí tiene su tan preciado orden, esa delgada farola de hierro, fea y estéril; y ahí está la anarquía, rica, viva, reproduciéndose. Ahí tiene la anarquía voluptuosa en verde y oro.

—Y qué más da —respondió Syme pacientemente—. Fíjese que ahora mismo usted si ve el árbol es gracias a la luz de la farola y me pregunto yo si podría usted ver la farola gracias a la luz del árbol.

Entonces, tras una pausa, dijo:

—¿Le puedo preguntar si ha estado ahí plantado en la oscuridad sólo para retomar nuestra pequeña discusión?

—No —gritó Gregory, con una voz que retumbó por toda la calle—. No he esperado aquí para retomar nuestra discusión, sino para acabarla para siempre.

De nuevo se impuso el silencio y Syme, a pesar de no haber entendido nada, escuchó intuyendo que venía algo importante. Gregory comenzó a hablar con voz suave y una sonrisa algo lunática.

—Señor Syme —dijo—, esta tarde ha conseguido usted hacer algo bastante notable. Me ha hecho a mí algo que nunca había logrado hacer ningún mortal.

—¡Será posible!

—Ahora que me acuerdo —continuó Gregory pensativo—, otra persona sí que lo había logrado: el capitán de un pequeño vapor en Southend, si mal no recuerdo. Ambos consiguieron enfurecerme.

—Lo siento muchísimo —respondió Syme muy serio.

Me temo que tanto mi ira, como su ofensa son demasiado grandes como para resolverse mediante disculpas —dijo Gregory tranquilamente—. Tampoco un duelo las resolvería, si yo le quitara la vida, eso no las resolvería. Sólo de una manera se puede borrar esa ofensa y es ésa la manera que elijo. Lo que voy a hacer, incluso si en el intento pierdo mi vida y mi honor, es *probarle* que lo que usted ha dicho no es cierto.

—¿Lo que yo he dicho?

—Usted ha dicho que mi anarquismo no va en serio.

—Hay diferentes grados de seriedad —replicó Syme—. Yo nunca he dudado de que usted sea sincero en ese sentido, que usted piense que merece la pena decir lo que dice, que piense que con una paradoja puede hacer que la gente vea una verdad que ignora.

Gregory le dedicó una mirada sostenida cargada de dolor.

—¿Y sólo en ese sentido piensa que tengo razón? —preguntó—, es decir, me considera un *flâneur* que deja caer verdades por aquí y por allá. Usted piensa que en un sentido más profundo, más absoluto no soy tan serio.

Syme golpeó violentamente con su bastón sobre los adoquines.

—¡Serio! —gritó—. ¡Válgame Dios! ¿Es seria esta calle? ¿Son serios estos malditos farolillos? ¿Todo esto es serio? Aquí viene uno y dice un par de naderías, y quizás también algo sensato, pero qué valor tiene un hombre si no tiene algo en su vida que es más serio que lo que habla. Algo más serio, sea la religión o sólo la bebida.

—Pues muy bien —dijo Gregory mientras su cara se oscurecía—. Va usted a ver algo más serio que la religión o la bebida.

Syme se quedó esperando con la apariencia dócil que solía gastar hasta que Gregory volvió a tomar la palabra.

—Acaba usted de hablar de tener una religión. ¿Tiene usted realmente una?

—Ah, pues es que ahora somos todos católicos —respondió Syme con una sonrisa radiante.

—Si es así, ¿podría usted jurar por cualesquiera sean los dioses que maneja su religión que nunca revelará lo que le voy a decir a ningún hijo de Adán, y mucho menos a la Policía? ¡Júrelo! Si usted se compromete a cumplir con abnegación, si acepta cargar su espíritu con ese voto inquebrantable y un conocimiento que nunca habría soñado, yo por mi parte le prometo que...

—¿Por su parte usted promete? —preguntó Syme al quedarse su interlocutor a media frase.

—Que le prometo una velada muy interesante.

Syme se quitó súbitamente el sombrero.

—Su oferta —dijo—, es demasiado estúpida como para recharzarla. Usted dice que un poeta siempre es un anarquista. No estoy de acuerdo, pero espero que al menos sea siempre un caballero. Permítame, aquí y ahora, jurar como cristiano y prometer como buen camarada y compañero artista que no denunciaré nada de esto, sea lo que sea, a la Policía. Y ahora, en nombre de Colney Hatch, ¿de qué se trata?

—Creo —dijo Gregory con tono despreocupado y satisfecho—, que llamaremos a un coche.

Emitió dos largos silbidos y un carruaje llegó traqueteando por la carretera. Los dos se subieron en silencio. Gregory dio a través de la ventanilla la dirección de una taberna poco conocida en la orilla del río en Chiswick. El coche partió raudo y, en él, estos personajes fantásticos abandonaron su fantástica ciudad.

CAPÍTULO II

El secreto de Gabriel Syme

El coche se detuvo frente a una cervecería especialmente lúgubre y grasienta, a la que Gregory condujo rápidamente a su acompañante. Se sentaron en una especie de bar estrecho y oscuro, en una mesa de madera manchada con una pata de madera. La habitación era tan pequeña y oscura que apenas se podía distinguir al camarero que habían llamado, más allá de una vaga y borrosa impresión de algo voluminoso y barbudo.

—¿Quiere cenar algo? —preguntó Gregory cortésmente—. El *paté de foie gras* no es bueno aquí, pero sí le recomiendo la caza.

Syme recibió el comentario impasible, imaginando que se trataba de una broma. Aceptando el tono humorístico, dijo con una indiferencia bien educada:

—Oh, tráigame langosta con mayonesa.

Quedó atónito cuando el hombre se limitó a decir:

—Por supuesto, señor —y se marchó, aparentemente para traerla.

—¿Qué va a beber? —prosiguió Gregory, con el mismo aire despreocupado, y añadió, como disculpándose—: Yo sólo tomaré una crema de menta, es que ya he cenado. No obstante, el champán es realmente de confianza. ¿Me permite que le sirva al menos media botella de Pommery?

—¡Gracias! —dijo Syme, impasible—. Es usted muy amable.

Sus posteriores intentos de conversación, algo desorganizados en sí mismos, se vieron interrumpidos de golpe por la aparición de la langosta. Syme la probó y le pareció que estaba deliciosa, y en ese momento se lanzó a comer con gran rapidez y apetito.

—Disculpe si disfruto de forma tan ostensible —le dijo a Gregory, sonriendo—. No suelo tener la suerte de tener un sueño como este. Es algo nuevo para mí que una pesadilla me lleve a una langosta. Normalmente es al revés.

25

—No está usted dormido, se lo aseguro —dijo Gregory—. Al contrario, está cerca del momento más real y emocionante de su existencia. ¡Ah, aquí viene su champán! Admito que puede haber una ligera desproporción, digamos, entre el interior de este excelente hotel y su exterior sencillo y sin pretensiones. Pero eso es por nuestra modestia. Somos los hombres más modestos que jamás hayan vivido en la tierra.

—¿Y *nosotros* quiénes son? —preguntó Syme, vaciando su copa de champán.

—Muy sencillo —replicó Gregory—. *Nosotros* somos los anarquistas serios, en los que usted no cree.

—Oh —respondió Syme—, se toman en serio la bebida.

—Sí, vamos en serio con todo —respondió Gregory y, tras una pausa, añadió—: Si más pronto que tarde esta mesa se pone a dar vueltas, no debe atribuirlo a los efectos del champán. No quiero que se engañe injustamente.

—Bueno, pues si no es por estar borracho, será que estoy loco —replicó Syme muy calmado—, pero confío en que sabré comportarme como un caballero en cualquier caso. ¿Puedo fumar?

—¡Faltaría más! —dijo Gregory sacando una caja de cigarros—. Pruebe uno de los míos.

Syme tomó el puro, le cortó la punta con un cortapuros que sacó del bolsillo de su chaleco, se lo llevó a la boca, lo encendió lentamente y exhaló una larga nube de humo. Hay que reconocerle la gran compostura con la que realizó estos ritos, ya que, justo cuando empezó ese protocolo, la mesa había empezado a girar, primero despacio y después velozmente, como en una sesión de espiritismo.

—No debe preocuparse —dijo Gregory—, es como si fuera un taladro.

—Y que lo diga —dijo Syme muy tranquilo—, «como un taladro». ¡Qué cosa más sencilla!

A continuación, el humo del puro, que había estado flotando y serpenteando por la habitación, se enderezó como en una chimenea industrial y ambos dos, con sus sillas y la mesa, descendieron atravesando el suelo como si se los tragara la tierra. Bajaron traqueteando por una especie de chimenea estruendosa con la velocidad de un ascensor al que se le ha roto el cable hasta que frenaron con un golpetazo contra el suelo. Aun así, cuando Gregory abrió unas puertas dejando entrar una luz roja subterránea, Syme seguía fumando con una pierna cruzada sobre la otra y no se le había movido ni un pelo en su rubia cabellera.

Gregory lo condujo por un pasillo de techo bajo y abovedado que iba hacia luz roja. Se trataba de un enorme farol colorado, casi del tamaño de una chimenea, fijado sobre una puerta de acero pequeña pero sólida. La puerta tenía una suerte de escotilla enrejada que Gregory golpeó cinco veces. Una voz ronca con acento extranjero preguntó quién era, a lo que él dio una respuesta cuando menos inesperada, «Señor Joseph Chamberlain» y los pesados goznes comenzaron a girar. Obviamente se trataba de una contraseña.

Al abrirse la puerta el pasillo relucía como si estuviera forrado con malla de acero. Mirándolo con más detenimiento, Syme advirtió que aquel patrón brillante en realidad lo generaban filas y filas de rifles y revólveres, allí apiñados y entrelazados.

—Le ruego que disculpe todas estas formalidades —dijo Gregory—, aquí tenemos que ser muy estrictos.

—Oh, no se disculpe —dijo Syme—. Conozco su pasión por la ley y el orden. Y entró por aquel pasillo forrado de armas de fuego. Con su melena rubia y su levita de dandi, tenía un aspecto particularmente frágil y fantástico caminando por aquella resplandeciente avenida de la muerte.

Atravesaron varios pasillos como aquél y finalmente llegaron a una extraña cámara de acero con las paredes curvas, de forma casi esférica, pero que recordaba, por sus gradas, a un aula académica para lecciones magistrales. En aquella pieza no había rifles ni pistolas, pero en sus paredes colgaban formas más inclasificables y aterradoras, objetos que parecían bulbos de plantas metálicas o huevos de pájaros de hierro. Eran bombas y la misma sala parecía el interior de una bomba. Syme sacudió la ceniza de su puro contra la pared y entró.

—Y ahora, mi querido señor Syme —dijo Gregory—, dejándose caer amistosamente en el banco situado debajo de la bomba más grande, ahora que estamos tan cómodos, hablemos como es debido. No habría forma humana de explicarle por qué le he traído aquí. Ha sido uno de esos impulsos totalmente arbitrarios, como saltar de un precipicio o enamorarse. Basta con decir que usted era un tipo sumamente irritante y, sinceramente, todavía lo es. Yo estaría dispuesto a romper veinte juramentos de secreto por el placer de bajarle a usted los humos, pues esa forma que tiene de encender un puro bastaría para hacer que un sacerdote rompiera el secreto de confesión. Bueno, usted dijo que estaba bastante seguro de que yo no era un anarquista serio. ¿Le parece que este lugar es serio?

—Sí que parece que hay un fondo moral tras esos planteamientos tan superficiales —admitió Syme—. Pero ¿puedo hacerle dos preguntas? No tiene que temer darme información, porque, como recordará, muy sabiamente me forzó a prometer no decírselo a la Policía, promesa que sin duda mantendré. Así que mis preguntas son por mera curiosidad. En primer lugar, ¿de qué se trata realmente? ¿A qué se oponen? ¿Quieren acabar con el gobierno?

—¡Acabar con Dios mismo! —exclamó Gregory, abriendo los ojos con fervor fanático—. No aspiramos tan sólo a derrocar unos cuantos despotismos y reglamentos policiales; ese tipo de anarquismo existe, pero sólo representa una sección de los disidentes. Nosotros tocamos cuestiones más de fondo y nuestras aspiraciones son más altas. Queremos negar todas esas distinciones arbitrarias entre vicio y virtud, honor y traición, en las que se basan los meros revolucionarios. ¡Aquellos memos sentimentales de la Revolución francesa hablaban de los derechos del hombre! Nosotros odiamos los derechos de la misma forma que odiamos las injusticias. Hemos abolido el bien y el mal.

—Y la derecha y la izquierda —dijo Syme con vehemencia—, espero que también las quieran ustedes abolir. Me resultan mucho más molestas.

—Había usted hablado de una segunda pregunta —le espetó Gregory.

—Con mucho gusto —prosiguió Syme—. En todos tus actos y en todo lo que les rodea hay un intento científico de mantener el secreto. Tengo una tía que vivía encima de una tienda, pero esta es la primera vez que encuentro gente que vive por preferencia debajo de una taberna. Tienen ustedes una pesada puerta de hierro. No pueden entrar sin someterse a la humillación de llamarse a sí mismos señor Chamberlain. Se rodean de instrumentos de acero que hacen que el lugar, si se me permite decirlo, sea más impactante que acogedor. ¿Puedo preguntarle por qué, después de tomarse todas estas molestias para atrincherarse en las entrañas de la tierra, luego cacarea todo su secreto hablando de anarquismo a todas las estúpidas mujeres de Saffron Park?

Gregory sonrió.

—La respuesta es sencilla —dijo—, le dije que soy un anarquista que va en serio, y usted no me creyó. Tampoco *ellas* me creen. A menos que las trajera a esta sala infernal, no me creerían.

Syme dio una calada a su cigarro pensativo, mientras lo observaba con interés. Gregory continuó:

—La historia de este asunto podría parecerle divertida —dijo—. Cuando me convertí en uno de los Nuevos Anarquistas, probé a disfrazarme de todo tipo de personajes respetables. Me vestí de obispo. Leí todo lo que había sobre obispos en nuestros panfletos anarquistas, en *Superstición, el vampiro* y *Curas de presa.* Sin duda, entendí por ellos que los obispos son viejos extraños y terribles que ocultan un cruel secreto a la humanidad. Estaba mal informado. Cuando aparecí por primera vez vestido de obispo en un salón y grité con voz atronadora: ¡Abajo, abajo la presuntuosa razón humana!, de alguna forma supieron que yo no tenía nada de obispo y me detuvieron de inmediato. Después me hice pasar por millonario, pero defendí el capital con tanta inteligencia que hasta un tonto podía ver que era bastante pobre. Luego intenté hacerme pasar por comandante. Ahora soy un humanista, pero espero tener la suficiente amplitud intelectual para comprender la posición de aquellos que, como Nietzsche, admiran la violencia, la orgullosa y loca guerra de la naturaleza y todo eso, ya sabe. Me lancé de lleno a ser comandante. Desenvainé mi espada y la blandí constantemente. Grité: «¡Sangre!», sin darle importancia, como el que pide vino. A menudo decía: «Que perezcan los débiles, es de ley». Bueno, pues parece ser que los comandantes no hacen eso. Me detuvieron de nuevo. Al final, desesperado, acudí al presidente del Consejo Anarquista Central, que es el hombre más importante de Europa.

—¿Cómo se llama? —preguntó Syme.

—Inútil; no lo va a conocer usted. En esto consiste su grandeza. César y Napoleón dedicaron su genio a que se hablara de ellos, y lo han logrado. Pero este hombre dedica su genio a que no se hable de él, y también lo ha conseguido. Pero basta con estar cinco minutos a su lado para entender que César y Napoleón no son más que un par de mocosos a su lado.

Se quedó callado un momento, pálido y luego continuó:

—Sus consejos son siempre tan sorprendentes como un epigrama y a la vez tan prácticos como el Banco de Inglaterra. Le pregunté: «¿Qué disfraz debo adoptar? ¿Qué personajes puedo elegir más respetables que los obispos y los comandantes?». Él me miró con su cara enorme, indescifrable. «¿Quiere usted un disfraz seguro? ¿Un traje que le haga aparecer como inofensivo? ¿Un traje en el que nadie pueda adivinar que lleva escondida una bomba?». Asentí. Entonces, elevó su voz de león y dijo «¡Pues entonces disfrácese de anarquista, estúpido. No habrá quien tenga miedo de usted!», rugió haciendo retumbar la habitación y, sin decirme nada más, se fue. Seguí su consejo, y nunca he tenido que arrepentirme. Y he predicado día y noche sangre y matanzas a esas pobres mujeres, y bien sabe Dios que me confiarían los cochecitos en que sacan a pasear a sus niños.

Syme, sentado, lo miró con cierto respeto en sus grandes ojos azules.

—Ahora sí me ha convencido —dijo—, eso es realmente astuto.

—Sólo tengo que esperar a que termine esta votación —continuó Gregory animado—, luego cogeré esta capa y este garrote, me llevaré este revólver, esta caja y esta botella, y saldré de esta cueva por una puerta que da al río. Allí me espera un pequeño barco de vapor, y entonces... ¡Entonces! ¡Oh, qué gran alegría ser Jueves!

Y juntó sus manos, muy ufano. Syme, que había recuperado su aire de lánguida impertinencia sentado en el banco, se levantó de nuevo. La expresión siempre insolente de su fisonomía se matizaba con una vacilación que no le era familiar.

—¿Cómo puede ser, Gregory, que yo piense que es usted un buen muchacho encantador? ¿Cómo puede ser, Gregory, que sienta hacia usted una amistad sincera?

Se calló y luego, con una curiosidad sincera y apasionada, dijo:

—¿Será porque es usted tan estúpido?

Hubo un nuevo silencio, preñado de pensamientos, y luego Syme exclamó:

—¡Por Dios! Esta es la situación más cómica en la que me he encontrado en mi vida, y pienso estar a la altura. Gregory, le hice una promesa antes de venir aquí. Cumpliré esa promesa, aunque sea bajo tortura. ¿Me haría usted, por mi propia seguridad, una promesa similar?

—¿Una promesa? —dijo Gregory, sorprendido.

—Sí —dijo Syme muy serio—, una promesa. He jurado ante Dios no revelar su secreto a la Policía. ¿Podría usted jurar, en nombre de la humanidad, o de algo en lo que crea, no revelar mi secreto a los anarquistas?

—¿Su secreto? ¿Usted tiene un secreto?

—Sí, tengo un secreto... ¿Lo promete?

Gregory lo miró fijamente, con gravedad, durante un largo rato, y de repente exclamó:

—¡Debe de haberme hechizado! Pero despierta en mí una curiosidad rabiosa. Sí, juro no decir nada a los anarquistas de lo que me cuente. Pero dese prisa, porque pueden llegar aquí en cualquier momento.

Syme, lentamente, metió sus largas manos blancas en los bolsillos de sus pantalones grises. En ese mismo instante, sonaron cinco golpes contra la mirilla que anunciaban la llegada de los primeros conspiradores.

—Bueno —comenzó Syme sin prisas—, intentaré ser conciso: su argucia de disfrazarse de poeta inofensivo no sólo la conocen ustedes y su presidente. Hace tiempo que en Scotland Yard estamos al corriente.

Gregory intentó incorporarse tres veces, sin conseguirlo.

—¿Qué está diciendo? —preguntó con una voz que no parecía humana.

—Es cierto —dijo Syme con sencillez—, soy detective. Pero espere, que aquí vienen sus amigos.

Se oyó un murmullo de «Joseph Chamberlain». La palabra se repitió, dos, tres veces al principio, luego unas treinta veces, y se oyó a la multitud de Joseph Chamberlains —un tema que da para pensar— que llegaba por el pasillo.

CAPÍTULO III

Jueves

Antes de que aparecieran los recién llegados, Gregory se había recompuesto. De un salto, con un rugido atávico, se lanzó a la mesa, agarró el revólver y apuntó a Syme. Éste, sin inmutarse, levantó su mano en un gesto cortés:

—No sea ridículo —dijo con afeminada dignidad de clérigo—. ¿No ve que es inútil? ¿No ve que los dos estamos en el mismo barco? Y, es más, creo que en él los dos nos mareamos.

Gregory no podía hablar, tampoco podía disparar. Y lo que quería decir y no podía, lo decían sus ojos.

—¿No ve que usted me ha derrotado y yo a usted? —continuó Syme—. No puedo denunciarle a la Policía por anarquista. Usted no puede denunciar a los anarquistas que soy policía. Sólo puedo hacer una cosa: vigilarle, sabiendo quién es usted, y, por su parte, usted sólo tiene una cosa que hacer: vigilarme, sabiendo quién soy yo. En resumen, es un duelo intelectual, sin testigos. Mi mente contra la suya. Yo soy un policía privado del apoyo de la policía oficial. Usted, mi pobre amigo, es un anarquista privado del apoyo de esta liga, de esta organización que es esencial para el anarquismo. Entre nosotros sólo hay una diferencia, toda a su favor: usted no está rodeado de policías desconfiados; yo, por el contrario, me encuentro rodeado de anarquistas desconfiados. No puedo traicionarle, pero puedo traicionarme a mí mismo. ¡Ánimo! Tenga paciencia y espere a que me traicione: ¡Intentaré hacerlo de la manera más elegante!

Gregory soltó la pistola, con los ojos fijos en Syme, como si viera en él a un horrible monstruo marino.

—No creo —articuló finalmente—, en la inmortalidad; pero sepa usted que si, después de lo que acaba de pasar, usted incumpliera su palabra, Dios crearía un infierno expresamente para usted, en el que habría de estar rechinando los dientes durante toda la eternidad.

—No faltaré a mi palabra y usted no faltará a la suya —replicó Syme—. Aquí están sus amigos.

Los anarquistas entraban con paso pesado, indolente y ciertamente cansino. Un hombrecillo con barba negra, que llevaba monóculo, un hombre parecido al señor Tim Healy, se separó del grupo y se adelantó con unos papeles en la mano.

—Camarada Gregory —dijo—, supongo que este hombre es un delegado.

Gregory, sorprendido de improviso, bajó la mirada y murmuró el nombre de Syme. Pero Syme, en tono casi impertinente, dijo:

—Me complace ver que su puerta está bien vigilada y que sería imposible que nadie que no fuera un delegado entrara en su casa.

Sin embargo, el hombrecillo de barba negra seguía frunciendo el ceño, y la sospecha era evidente en su mirada inquisitiva.

—¿A qué sección representa? —preguntó en tono cortante—, ¿o a qué rama?

—No es precisamente una rama —corrigió Syme riendo—, sería más bien una raíz.

—¿Qué quiere decir?

—Quiero decir que soy sabatista. Me han enviado aquí para asegurarme de que le rinden a Domingo los honores que le corresponden.

El hombrecillo dejó caer uno de sus papeles. Un escalofrío de terror crispó todos los rostros. Era evidente que el presidente Domingo enviaba a veces a estos embajadores inesperados a las reuniones de las secciones.

—Bueno, camarada —dijo el hombrecillo—, ¿creo que lo mejor será invitarle a participar en nuestra reunión?

—Si me permite un consejo amistoso —respondió Syme con severa benevolencia—, le diré que efectivamente eso es lo mejor que puede hacer.

Cuando se aseguró de que la peligrosa conversación había terminado y de que su rival estaba a salvo, Gregory reanudó su deambular de un lado a otro para meditar. Estaba sumido en las angustias de la diplomacia. Veía claramente que Syme, gracias a su presencia de ánimo y su descaro, sabría salir airoso de todas las dificultades, con lo que no cabía esperar que metiera la pata. En cuanto a él, Gregory, no podía traicionar a Syme, en parte por honor y en parte por prudencia: si lo traicionaba y, por una razón u otra, no lograba aniquilarlo, el Syme que escapara sería un Syme liberado de toda promesa que se dirigiría directamente a la comisaría más cercana. Al fin y al cabo, sólo se trataba de una sesión de deliberación, en presencia de un único policía. Él se encargaría de que no se discutieran los planes secretos esa noche, luego dejaría marchar a Syme y esperaría el resultado.

Volvió junto a los anarquistas, que comenzaban a tomar asiento en los bancos.

—Creo que es hora de empezar —dijo—. El barco de vapor está esperando. Propongo que el camarada Buttons presida la sesión.

Se aprobó a mano alzada y el hombrecillo con monóculo ocupó el asiento presidencial.

—Camaradas, comenzó con una voz crepitante como el disparo de una pistola, nuestra reunión de esta noche es importante, pero puede ser breve. Nuestra sección siempre ha tenido el honor de elegir a Jueves para el Consejo Central Europeo. Hemos elegido a un gran número de Jueves famosos. Todos lamentamos la muerte del heroico trabajador que aún ocupaba este puesto la semana pasada. Sabéis que prestó servicios considerables a la causa. Fue él quien organizó el gran atentado con dinamita de Brighton: en circunstancias más favorables, ese magnífico golpe habría destruido a todas las personas que se encontraban entonces en el muelle. Su muerte, como también saben, no fue menos altruista que su vida. Ha sido mártir y víctima de su fe en una mezcla higiénica de cal y agua que sustituía a la leche, por la convicción de que el consumo de esta bebida bárbara es un cruel atentado contra las vacas. La crueldad, todo lo que se asemeja de cerca o de lejos a la crueldad, siempre indignó a este hombre excelente. Pero no estamos aquí para alabar sus virtudes, sino para realizar una tarea más difícil. Sería difícil hacer un elogio de sus cualidades, pero aún más difícil es encontrar un sucesor que pueda reemplazarlas. Les corresponde a ustedes, camaradas, designar, entre los miembros de esta asamblea, al nuevo Jueves. Si alguien propone un nombre, lo someteré a votación. Si no se propone ninguno, me quedará declarar que este querido dinamitero se ha llevado a los abismos insondables el secreto de sus virtudes y su inocencia.

Hubo un movimiento discreto, aplausos apenas perceptibles, como los que a veces se producen en la iglesia. Entonces, un anciano de larga barba blanca, quizás el único verdadero obrero que se encontraba entre los asistentes, se levantó con dificultad y dijo:

—Propongo que el camarada Gregory sea elegido como Jueves. —Y se volvió a sentar con dificultad.

—¿Alguien apoya esta propuesta? —preguntó el presidente.

Un hombrecillo con perilla puntiaguda secundó la opinión del orador anterior.

—Antes de someter esta propuesta a votación, pediré al camarada Gregory que haga su declaración de principios —dijo el presidente.

Gregory se puso de pie en medio de un gran estruendo de aplausos. Su rostro estaba tan mortalmente pálido que, por contraste, el rojo de su cabello parecía escarlata. Pero sonreía con naturalidad. Había tomado una decisión y el camino que debía seguir se extendía ante él como una carretera blanca. ¿No era lo mejor, en efecto, pronunciar un discurso ambiguo y meloso? El detective se quedaría con la impresión de que, después de todo, la fraternidad anarquista no constituía un peligro real para la sociedad. Gregory confiaba en su habilidad profesional como literato. Sabría sugerir matices sutiles y elegir las palabras adecuadas. Sabría, si lo hacía bien, dar al intruso una idea delicadamente falsa de aquella Institución. Syme había dicho que los anarquistas, a pesar de sus aires feroces, no eran más que unos fantoches, así que, ante el peligro inminente, Gregory restablecería firmemente esa ilusión en la mente del detective.

—Compañeros —dijo con voz baja y penetrante—, no necesito decirles cuál es mi línea de conducta, ya que es la misma que la suya. Nuestra fe ha sido calumniada, vilipendiada, ha sido víctima de las peores confusiones, ha sido ocultada, pero nunca ha cambiado. Los que hablan del anarquismo y de sus peligros han ido a buscar su información en muchos sitios, en cualquier fuente, excepto aquí, en nuestra casa, en la fuente misma. Conocen el anarquismo por los periódicos, por las novelas baratas. Conocen el anarquismo a través de *Ally Sloper's Half Holiday* y el *Sporting Times*. No conocen el anarquismo según los anarquistas. Nunca se nos da la oportunidad de hacer justicia con las mentiras con las que se nos acosa en toda Europa. Quienes oyen decir que somos una lacra viva ignoran lo que podemos responder a esa acusación. Y seguirán ignorándolo esta noche, después de que yo haya hablado, incluso si mi voz apasionada lograra atravesar estas paredes y este techo. Porque sólo aquí, bajo tierra, pueden reunirse los perseguidos, como antaño los cristianos en las catacumbas. Pero si, por alguna increíble casualidad, esta noche se encontrara entre nosotros un hombre que no supiera nada nosotros, le preguntaría: cuando los cristianos se escondían en las catacumbas, ¿qué reputación tenían arriba, en la calle? ¿De qué atrocidades los acusaban los romanos de bien? Admita, le diría, suponga por un momento que nos limitamos a reproducir esa gran paradoja histórica que aún hoy sigue siendo un misterio. ¿Somos peligrosos? Los cristianos tenían esa reputación, y eso es porque eran inofensivos, como lo somos nosotros. ¿Somos locos? A los cristianos también se les trataba de locos, precisamente porque eran muy mansos.

Los aplausos que habían saludado el preludio se hicieron cada vez más escasos, y las últimas palabras de Gregory fueron recibidas con un profundo silencio. De repente se oyó la voz estridente del hombre de la chaqueta de terciopelo.

—¡Yo no soy manso! —vociferaba.

—El camarada Witherspoon —continuó Gregory—, nos asegura que no es manso. ¡Qué poco se conoce a sí mismo! Sin duda, su lenguaje es extravagante, su aspecto feroz desalienta la simpatía de las personas apresuradas que juzgan por las apariencias. Estoy de acuerdo. Pero a la mirada penetrante de un amigo como yo no se le escapa la profunda capa de sólida dulzura que hay en el fondo de su carácter, una capa tan profunda que ni él mismo puede verla. Lo repito, somos los verdaderos cristianos primitivos, sólo que llegamos demasiado tarde. Somos sencillos como ellos eran sencillos ¡mirad al camarada Witherspoon! Somos modestos como ellos eran modestos: ¡mírenme a mí! Somos indulgentes y bondadosos...

—¡No, no! —gritaba Witherspoon.

—Digo que perdonamos a nuestros enemigos —prosiguió Gregory furioso—, al igual que los primeros cristianos. Eso no impidió que se les acusara de comer carne humana. Nosotros no comemos carne humana...

—¡Qué lástima! —interrumpió Witherspoon—. ¿Por qué no?

—El camarada Witherspoon —dijo Gregory con alegría forzada—, ¡quiere saber por qué no comemos carne humana! *(Risas).* Al menos en nuestra sociedad, donde se ama, en nuestra sociedad basada en el amor...

—¡No! —gritó Witherspoon—, ¡abajo el amor!

—Basada en el amor —repitió Gregory apretando los dientes—, no puede haber controversias ni desacuerdos sobre los fines que debemos perseguir colectivamente y que yo perseguiría si se me diera la oportunidad de representar a nuestra corporación. Magníficamente indiferentes a las calumnias que nos tachan de asesinos, de enemigos de la humanidad, continuaremos valientemente nuestra labor de fraternidad ejerciendo sobre nuestros contemporáneos una presión legal y puramente intelectual.

Gregory volvió a ocupar su lugar secándose la frente. Todo el mundo guardaba silencio. Se había instalado un silencio incómodo.

El presidente se levantó como un autómata y dijo con voz queda:

—¿Alguien se opone a la candidatura del camarada Gregory? La asamblea parecía indecisa e inconscientemente desconcertada.

El camarada Witherspoon se agitaba murmurando entre dientes palabras incomprensibles. Sin embargo, por la sola fuerza de la inercia y la rutina, la elección de Gregory estaba asegurada, el presidente ya estaba abriendo la boca para aprobar la moción, cuando Syme, en medio del silencio de todos, pronunció con suavidad estas palabras:

—Señor presidente, yo me opongo.

El efecto retórico más poderoso suele provenir de un cambio inesperado en el tono. El señor Gabriel Syme conocía, sin duda, esta ley de la retórica: después de articular la fórmula con un tono tranquilo y con una simplicidad lacónica, elevó repentinamente la voz, tan alto que esta se quebró y resonó bajo las bóvedas como si se hubiera disparado uno de los fusiles.

—¡Camaradas! —exclamó con una voz tal que todos temblaron en sus botas—, ¡camaradas! ¿Es para *esto* para lo que hemos venido aquí? ¿Nos reunimos bajo tierra como ratas para escuchar *esto?* ¡Ese tipo de elocuencia está bien para ir, en días festivos, a comer pasteles a las escuelas dominicales! ¿Hemos convertido estas paredes en un arsenal, hemos bloqueado esta puerta con artilugios mortíferos para impedir que la gente venga a escuchar las homilías del camarada Gregory? «Sed buenos y seréis felices... La honestidad es la mejor política... La virtud es su propia recompensa...». No ha habido una sola palabra en el discurso del camarada Gregory que un cura no habría aplaudido con gusto. *(¡Escuchen! ¡Escuchen!)*. Yo no soy cura *(aplausos)* y no he escuchado al camarada Gregory con gusto. *(Nuevos aplausos)*. El hombre que sería un buen vicario no podría ser el Jueves que necesitamos, activo, resuelto, implacable. *(¡Muy bien! ¡Muy bien!)*. El camarada Gregory nos ha dicho, como disculpándose, que no somos enemigos de la Sociedad. Y yo digo que somos enemigos de la Sociedad, porque la Sociedad es enemiga de la Humanidad, su antigua y despiadada enemiga. *(¡Muy bien!)*. El camarada Gregory nos ha dicho, siempre como disculpándose, que no somos asesinos: en eso estoy de acuerdo con él. No somos asesinos, ¡somos ejecutores! *(Aplausos)*.

Mientras Syme hablaba, Gregory lo miraba estupefacto. En el silencio que se produjo después de los aplausos, sus pálidos labios se entreabrieron y dijo, muy claramente, pero de forma involuntaria:

—¡Será hipócrita!

Syme fijó por un instante su mirada clara en los ojos aterrados de Gregory y continuó con dignidad:

—El camarada Gregory me acusa de hipocresía. Sin embargo, él sabe tan bien como yo que cumplo mis compromisos y que sólo hago lo que es mi deber. Iré al grano, pues no soy de andarme con rodeos. Digo que el camarada Gregory no puede ser un buen Jueves, a pesar de las cualidades que nos hacen apreciarlo. No es apto precisamente por esas virtudes. No queremos un Consejo Supremo de la Anarquía infectado de esa caridad lacrimógena. *(¡Muy bien!)*. No es momento para una cortesía ceremoniosa, no es momento para una modestia ceremoniosa. Me postulo contra el camarada Gregory, igual que iría en contra de todos los gobiernos de Europa, porque el anarquista que se ha entregado por completo al anarquismo no conoce la modestia más de lo que conoce el orgullo. *(Aplausos)*. No soy un individuo, ¡soy una Causa! *(Nuevos aplausos)*. Me presento contra el camarada Gregory con tanta calma y desinterés como pondría en elegir en este estante una pistola en lugar de otra. Sí, antes que dejar entrar en el Consejo Supremo a un Gregory, con sus métodos edulcorados, me presento yo mismo a la elección...

La perorata quedó ensordecida por un gran aplauso. Los rostros se habían vuelto cada vez más enérgicos y aprobadores a medida que las palabras de Syme se volvían más exaltadas. Ahora estaban tensos por la espera de sus promesas, y resonaban gritos de júbilo. Cuando se declaró dispuesto a asumir el papel de Jueves, se le respondió con un estruendo de asentimiento y fue imposible controlar la emoción.

En ese mismo momento, Gregory se puso de pie, con espuma en los labios, cubriendo con sus gritos el clamor unánime:

—¡Alto ahí! ¡Necios! ¡Alto ahí!

Pero Syme volvió a tomar la palabra, gritando más fuerte que el clamor del respetable.

—No entraré en el Consejo para refutar la calumnia que nos tilda de asesinos: entraré para merecerla. *(Aplausos nutridos y prolongados)*. Al sacerdote que dice que somos enemigos de la religión, al juez que dice que somos enemigos de la ley, al orondo parlamentario que dice que somos enemigos del orden, a todos ellos les responderé: sois falsos reyes, pero profetas veraces. ¡Vengo a cumplir vuestras profecías aniquilándoos!

El clamor entusiasta se fue apagando gradualmente, pero antes incluso de que cesara, Witherspoon, con el pelo y la barba erizados, se puso de pie y declaró:

—Propongo, en forma de enmienda, que el camarada Syme sea nombrado para el puesto vacante.

—¡Alto ahí y que se acabe todo esto, les digo! —gritaba Gregory entre aspavientos—. Todo esto no es más que...

El presidente, con tono tajante, le interrumpió y repitió: ¿Alguien apoya esta enmienda? Un hombre alto y delgado, con perilla al estilo americano y aspecto cansado, se levantó lentamente del último banco.

—¡Basta ya, no lo hagan! —repitió Gregory.

Si antes había chillado como una mujer, ahora había cambiado a un tono más estremecedor que cualquier grito. Las sílabas salían pesadas de su boca, como piedras:

—¡Escuchen! Voy a poner fin a todo esto: este hombre no puede ser elegido por ustedes. Es un...

—¿Y bien? —preguntó Syme, impasible—. ¿Y bien? ¿Es un... qué?

Gregory hizo dos intentos, sin éxito, por pronunciar una palabra, una palabra concreta, y entonces se vio cómo la sangre afluía lentamente a su rostro, hasta entonces mortalmente pálido.

—Este hombre no sabe nada de nuestra actividad —dijo finalmente—, carece por completo de experiencia...

Y se dejó caer en su banco. Antes de que se sentara, el individuo alto y delgado con perilla americana se había levantado de nuevo.

—Estoy a favor de la elección del camarada Syme, repetía con su voz nasal.

—La enmienda se somete a votación —declaró el presidente—: se trata de saber si el camarada Syme...

—¡Camaradas! —gimió Gregory, que también se había levantado—. ¡No estoy loco!

—¡Oh, oh! —protestó Witherspoon.

—¡No estoy loco! —repitió Gregory con tal sinceridad que la asamblea se sintió conmovida por un instante—. No estoy loco, pero voy a darles un consejo que pueden considerar disparatado si quieren. Es más, no es un consejo, ya que no puedo alegar ninguna razón a su favor. Por lo tanto, diré que es una orden, una orden que deben obedecer. Digan que esta orden es una locura, ¡pero síganla! Golpéenme, si quieren, pero escúchenme. ¡Mátenme, pero obedezcan! ¡No voten por este hombre!

La verdad tiene tal fuerza, incluso amordazada, que enseguida se sintió tambalearse como una caña la precaria y absurda victoria de Syme. Pero nadie lo habría adivinado al ver los ojos azules de Syme. Se contentó con decir:

—El camarada Gregory ordena...

Y el hechizo se rompió, y uno de los anarquistas le preguntó a Gregory:

—¿Quién es usted? ¡Usted no es Domingo!

Y otro añadió con voz más grave:

—Tampoco es usted Jueves.

—¡Camaradas! —exclamó Gregory con voz de mártir que, por exceso de dolor, ya no siente dolor—. ¡Camaradas! Poco me importa que me odien como tirano o como esclavo. Así que, si rechazan mis órdenes, ¡al menos escuchen mi súplica humillada! Me arrodillo ante ustedes, me postro a sus pies, les imploro: no elijan a este hombre.

—Camarada Gregory —observó el presidente, tras una breve pausa—, su actitud es intensamente indigna.

Por primera vez desde el comienzo de la sesión, hubo unos segundos de silencio absoluto. Gregory se sentó con dificultad, reducido ya a un despojo humano, y el presidente continuó, como un reloj que retoma su funcionamiento:

—Se trata de saber si el camarada Syme será elegido para ocupar el puesto de Jueves en el Consejo Central.

Se levantó un clamor como un oleaje. Se alzó un bosque de manos. Tres minutos después, el señor Gabriel Syme, de la Policía Secreta, fue elegido para el cargo de Jueves en el Consejo Central de Anarquistas de Europa.

Todos los presentes en la sala parecían ser conscientes del barco que esperaba en el río, del estoque y del revólver que esperaban sobre la mesa. Tan pronto como Syme recibió el documento que acreditaba su elección, todos se levantaron distribuyéndose por la sala en grupos animados. Syme se encontró de improviso cara a cara con Gregory, que lo miraba con odio. Se miraron en silencio.

—¡Es usted un demonio! —murmuró Gregory finalmente.

—¡Usted es un hombre honesto! —replicó Syme con gravedad.

—Me ha obligado usted a...

Gregory no pudo terminar; temblaba de pies a cabeza.

—Sea razonable —dijo Syme con autoridad—. ¿Por qué me ha traído a este parlamento infernal? Usted exigió mi juramento antes de que yo exigiera el suyo. Sin duda, ambos actuamos según nuestra idea del bien y del mal. Pero entre su concepción y la mía hay una distancia tan grande que ninguno podemos hacer la menor concesión. Entre nosotros sólo puede haber honor y muerte.

Y se echó sobre los hombros la gran capa, agarrando la botella.

—El barco está listo —dijo el presidente, interponiéndose—. Tenga la amabilidad de seguirme.

Con un gesto característico que delataba su condición de encargado de una tienda, el presidente Buttons precedió a Syme por un estrecho pasillo blindado con hierro. Gregory los seguía, tembloroso, casi pisándoles los talones.

Al final del pasillo, Buttons abrió una puerta, que mostró la perspectiva azul y plateada del río bajo los rayos de la luna. Era como un decorado de teatro. En la orilla se encontraba el pequeño barco de vapor, todo negro, recordaba un pequeño dragón con un único ojo rojo.

A punto de subir a bordo, Gabriel Syme, con el rostro en sombra, se volvió hacia Gregory:

—Ha cumplido su palabra —dijo en voz baja—, es usted un hombre de honor y se lo agradezco. Ha cumplido su palabra hasta el final y en los más mínimos detalles. Me refiero concretamente a la promesa que me hizo al principio de todo este asunto y que ha cumplido.

—¿A qué se refiere? ¿Qué le prometí?

—Una velada muy interesante —respondió Syme mientras subía a la embarcación.

Y, cuando esta comenzó a navegar, hizo un saludo militar a Gregory con su estoque.

CAPÍTULO IV

La historia de un detective

Gabriel Syme no era simplemente un policía disfrazado de poeta: en realidad era un poeta que se había metido a detective. No había nada de hipocresía en su odio hacia la anarquía. Era uno de ésos que reaccionan a la desmesurada locura de la mayoría de los revolucionarios girando hacia un conservadurismo excesivo. Y no por una cuestión de tradición, pues su amor por las convenciones había sido espontáneo y repentino. Defendía el orden establecido como rebelión contra la rebelión.

Provenía de una familia de excéntricos, cuyos miembros más antiguos siempre habían tenido las ideas más novedosas sobre todas las cosas. Uno de sus tíos solía salir a pasear sin sombrero. Otro había intentado, sin éxito, ir vestido sólo con un sombrero. Su padre era artista y se dedicaba a cultivar su arte y su ego. Su madre era una apasionada de la higiene y la sencillez. El resultado fue que, durante su tierna infancia, el niño no conoció más bebidas que la absenta y el cacao, con lo que desarrolló un saludable disgusto por ambos. Cuanto más predicaba su madre una abstinencia ultrapuritana, más defendía su padre una permisividad ultrapagana, y mientras una imponía el vegetarianismo en casa, el otro no estaba lejos de defender el canibalismo.

Rodeado desde su infancia por todas las formas posibles de rebelión, era inevitable que Gabriel también se rebelara contra algo o a favor de algo. Lo hizo a favor del buen sentido, o del sentido común. Pero tenía en sus venas demasiada sangre fanática como para que su concepción del sentido común fuera del todo sensata.

Un accidente exasperó su odio hacia el anarquismo moderno.

Estaba cruzando una calle de Londres cuando estalló una bomba. Primero quedó cegado y ensordecido, pero luego, cuando el humo se disipó, vio ventanas rotas y rostros ensangrentados. Desde entonces, siguió viviendo, en apariencia, como antes, tranquilo, conduciéndose con educación y modales suaves; pero había un lugar en su mente que ya no era del todo normal y sano. No consideraba, como la mayoría de nosotros, a los anarquistas como un puñado de desquiciados que combinaban la ignorancia y el intelectualismo. Veía en sus doctrinas un inmenso peligro social, algo comparable a una invasión.

Sin descanso, vertía en los periódicos, y también en las papeleras de las redacciones, un torrente de noticias, versos y artículos exaltados, en los que denunciaba aquella avalancha de barbarie y negación. Pero, a pesar de tantos esfuerzos, no conseguía alcanzar a su enemigo, y ni siquiera, lo que es más grave, labrarse una posición social.

No había en el mundo un anarquista con su bomba en el bolsillo que tuviera un aspecto más salvaje que aquel solitario amigo del orden y la ley cuando paseaba por las orillas del Támesis, mordisqueando amargado un cigarro barato y meditando sobre los avances del anarquismo. Se convenció de que el gobierno y la sociedad estaban aislados, en una situación desesperada, entre la espada y la pared, pues sólo una situación así de desesperada podía conmover a este Don Quijote.

Una tarde con una puesta de sol sanguina el agua roja reflejaba el cielo rojo, y, en el cielo y en el agua, Syme veía representado el color de su ira. El cielo estaba tan cargado y el río tan brillante que el cielo palidecía junto al torrente de fuego líquido, que fluía a través de las vastas cavernas de una misteriosa región subterránea.

Syme, en aquella época, andaba corto de dinero. Llevaba un sombrero de copa pasado de moda, un abrigo negro y roto aún más pasado de moda, y ese atuendo le daba el aspecto de los malos de las novelas de Dickens y Bulwer Lytton. Su barba y su cabello rubio estaban erizados. Difícilmente se habría podido adivinar en ese personaje de aspecto leonino al perfecto caballero que, mucho tiempo después, entraría en los jardines de Saffron Park. Entre sus dientes apretados sostenía un largo puro negro que había comprado por cuatro peniques en el Soho, y se parecía bastante a uno de esos anarquistas contra los que libraba su guerra santa.

Quizás por eso un policía, de guardia en los muelles, se le acercó y le dijo:

—Buenas noches.

Syme, debido a la inquietud enfermiza que le causaba el precario destino de la humanidad, se sintió atacado por la plácida seguridad de autómata de aquel guardia que formaba una gran mancha azul en el crepúsculo.

—¿De verdad —dijo en tono cortante—, es la noche tan buena o tan bella? Para ustedes, el fin del mundo también sería una noche hermosa... ¡Pero mire ese sol rojo sangre sobre el río rojo sangre! Fíjese lo que le digo: este río transportaría sangre humana, luminosas olas de sangre, y ustedes seguirían ahí como están esta noche, sólidos y tranquilos, ocupados en acechar a algún pobre vagabundo inofensivo para ordenarle que circule. ¡Ustedes, los policías, son crueles con los pobres! Aun así, les perdonaría su crueldad. Su tranquilidad es lo que me resulta intolerable.

—Si estamos tranquilos —respondió el policía—, es por la tranquilidad que da la resistencia organizada.

—¿Cómo? —preguntó Syme mirándolo fijamente.

—El soldado debe mantener la calma en el fragor de la batalla —continuó el policía—. La calma de un ejército se nutre de la furia de un pueblo.

—¡Dios mío! —exclamó Syme—. ¡Eso es lo que se enseña en las escuelas! ¿Es eso lo que se llama educación laica e igualitaria para todos?

—No —respondió el policía con tristeza—, yo no tuve el privilegio de recibir esa educación. Las escuelas públicas llegaron después de mí. La educación que recibí fue muy básica y me temo que a día de hoy estaría muy desfasada.

—¿Dónde la recibió? —preguntó Syme sorprendido.

—Oh, en Harrow —respondió el policía.

Las simpatías de clase, por falsas que sean, son, sin embargo, para mucha gente lo menos falso que hay, y estallaron en Syme antes de que pudiera controlarlas.

—¡Dios mío! Pero usted no debería estar en la Policía.

El policía sacudió la cabeza y suspiró:

—Lo sé —dijo solemnemente—, no soy digno.

—Pero, ¿por qué se ha metido en ella? —preguntó Syme con cierta indiscreción.

—Más o menos por la misma razón que le lleva a usted a criticarla. Descubrí que en esta organización hay puestos para aquellos cuyas preocupaciones por la humanidad se centran en las aberraciones del razonamiento científico más que en los arrebatos normales y, a pesar de sus excesos, excusables, de las pasiones humanas. Creo que me explico.

—Si pretende decir que su pensamiento es claro para usted, estoy dispuesto a creerlo; pero en cuanto a explicarse con claridad, eso, desde luego, no lo ha logrado. ¿Cómo es posible que un hombre como usted venga a hablar de filosofía bajo un casco azul, en las orillas del Támesis?

—Es evidente que no está al corriente de los últimos avances de nuestro sistema policial —replicó el otro—. No me sorprende, por cierto, ya que los ocultamos a la clase culta, de donde provienen la mayoría de nuestros enemigos. Pero me parece que usted tiene aptitudes... que podría ser uno de los nuestros...

—«¡Ser uno de los nuestros!» —preguntó Syme—, ¿y por qué?

—Déjeme que se lo explique... Ésta es la situación. Desde hace mucho tiempo, el jefe de nuestra División, uno de los detectives más famosos de Europa, considera que una conspiración intelectual, puramente intelectual, no tardará en amenazar la existencia misma de la civilización: la ciencia y el arte han emprendido una cruzada silenciosa contra la familia y el Estado. Por eso ha creado un cuerpo especial de policías filósofos. Su función es vigilar a los iniciadores de esta conspiración, vigilarlos no sólo con los medios de que disponemos para reprimir los delitos, sino también vigilarlos y combatirlos mediante la dialéctica. Por mi parte, soy demócrata y conozco muy bien cuál es el nivel de coraje y virtud del común de los mortales. Pero no sería prudente confiar a policías ordinarios investigaciones que constituyen una caza de herejes.

Una curiosidad empática iluminaba la mirada de Syme.

—¿Qué es lo que hacen ustedes? —preguntó.

—El papel del policía filósofo, respondió el hombre de azul, exige más audacia y sutileza que el del detective común. Este último va a los antros para detener a los ladrones. Nosotros acudimos a las tertulias de artistas para descubrir a los pesimistas. El detective vulgar descubre un delito auditando un libro de contabilidad. Nosotros diagnosticamos, leyendo una colección de sonetos, que se va a cometer un delito. Nuestra misión es remontarnos a los orígenes de esos pensamientos abominables que inspiran el fanatismo intelectual y acaban empujando a los hombres al crimen intelectual. Así fue como pudimos llegar justo a tiempo para impedir el asesinato de Hartlepool, y eso sólo porque el señor Wilks, nuestro compañero, un joven muy hábil, sabe descifrar a la perfección el significado de una octava.

—¿Cree usted que existe realmente una relación tan estrecha entre la intelectualidad moderna y la delincuencia?

—No es usted lo suficientemente demócrata —respondió el policía—, pero tenía razón al decir, hace un momento, que tratamos con demasiada brutalidad a los delincuentes pobres. Le aseguro que, si mi trabajo se redujera a perseguir a los desesperados y a los ignorantes, me repugnaría. Pero nuestro nuevo movimiento es algo muy diferente. Negamos categóricamente la teoría de los esnobs ingleses según la cual los analfabetos son los delincuentes más peligrosos. Recordamos a los príncipes envenenadores del Renacimiento. Afirmamos que el delincuente peligroso por excelencia es el delincuente con un alto nivel cultural. Afirmamos que el criminal más peligroso hoy en día es el filósofo moderno, que está por encima de todas las leyes. En comparación con él, el ladrón y el bígamo son personas de moralidad perfecta. ¡Cuánto los prefiere mi corazón! No niegan lo esencial del ideal del hombre. Su único error es no saber buscarlo donde está. El ladrón respeta la propiedad; es para respetarla aún más por lo que desea convertirse en propietario. El filósofo detesta la propiedad en sí misma: quiere destruir la idea misma de la propiedad individual. El bígamo respeta el matrimonio, y por eso se somete a las formalidades, ceremonias y ritos de la bigamia. El filósofo desprecia el matrimonio en sí mismo. Incluso el asesino respeta la vida humana: es para procurarse una vida más intensa por lo que elimina a su semejante. El filósofo odia la vida, la vida en sí misma; la odia en sí mismo como en los demás.

—¡Qué cierto es eso! —exclamó Syme, aplaudiendo—. Eso es lo que he pensado desde mi infancia, pero no había logrado formular la antítesis con esa claridad. Sí, por muy malvado que sea, el delincuente común es, por así decirlo, un buen hombre condicional. Bastaría eliminar un determinado obstáculo —digamos, un tío rico— para que aceptara el universo tal como es y alabara a Dios. Es un reformador, no un anarquista. Quiere reparar el edificio, no tirarlo abajo. Pero el mal filósofo no se propone modificar: quiere aniquilar. Sí, la sociedad moderna ha conservado de la Policía lo que es verdaderamente opresivo y vergonzoso. Persigue la miseria, espía la desgracia. Renuncia a esa obra tan útil y noble: el castigo de los traidores poderosos en el Estado, de los herejes poderosos en la Iglesia. Los modernos niegan que se tenga derecho a castigar a los herejes. Yo me pregunto si tenemos derecho a castigar a alguien que no lo es.

—¡Pero esto no tiene sentido! —exclamó el policía con un ardor poco común en personas de su profesión y corpulencia—. ¡Esto no puede ser! Yo no sé a qué se dedica usted, pero sea lo que sea, le digo que está desperdiciando su vocación. Debería alistarse en nuestra brigada de filósofos antianarquistas, tiene que hacerlo. El ejército de nuestros enemigos está apostado en nuestras fronteras. Van a intentar un gran golpe. Si se lo sigue pensando perderá la gloria de trabajar con nosotros, la gloria, tal vez, de morir con los últimos héroes del mundo.

—Ciertamente —dijo Syme, la ocasión es única y preciosa—. Sin embargo, todavía no lo entiendo del todo. Sé, como todo el mundo, que el mundo moderno está lleno de hombres sin ley y de pequeños movimientos de descerebrados. Pero, por repugnantes que sean, suelen tener el mérito de estar en desacuerdo entre sí. ¿Cómo puede hablar de un ejército organizado por ellos y del golpe que están a punto de dar? ¿Qué anarquismo es ése?

—No lo busque —explicó el policía—, en esas explosiones de dinamita que se producen al azar, en Rusia o en Irlanda, actos de personas sin duda mal inspiradas, pero realmente oprimidas. El vasto movimiento del que hablo es filosófico, y en él se distingue un círculo interior y un círculo exterior. Incluso se podría decir que el círculo exterior es «laico» y el círculo interior es «eclesiástico». Si bien prefiero estas dos etiquetas, más claras: sección de los Inocentes y sección de los Criminales. Los primeros, los más numerosos, son simples anarquistas, personas convencidas de que las leyes y las fórmulas han destruido la felicidad de la humanidad. Creen que los efectos siniestros de la perversidad son producidos precisamente por el mismo sistema que admite la noción de perversidad. No creen que el crimen engendre el castigo: creen que el castigo engendra el crimen. Para ellos, el seductor, después de haber seducido y abandonado a siete mujeres, sería tan inocente como las flores de primavera. Según ellos, el carterista piensa que hace el bien robando bolsos. Ésa es mi sección de los Inocentes.

—¡Oh! —exclamó Syme.

—Naturalmente, estas personas hablan de los tiempos felices que se avecinan, de un futuro paradisíaco para una humanidad liberada del yugo de la virtud y el vicio, etc. Los del círculo interior, el círculo sacerdotal, dicen lo mismo. Ellos también, ante las multitudes delirantes, hablan de la felicidad futura, de la liberación final. Pero, en su boca —y aquí el policía bajó la voz—, esas palabras tienen un significado espantoso. Porque no se hacen ilusiones; son demasiado inteligentes para creer que el hombre, en este mundo, pueda liberarse por completo del pecado original y de la lucha. Piensan en la muerte. Cuando hablan de la liberación final de la humanidad, piensan en el suicidio de la humanidad. Cuando hablan de un paraíso sin mal ni bien, piensan en la tumba. Sólo tienen dos objetivos: destruir a los demás hombres y luego destruirse a sí mismos. Por eso lanzan bombas en lugar de disparar revólveres. La multitud de los Inocentes está decepcionada porque la bomba no ha matado al rey, pero los sumos sacerdotes se regocijan porque la bomba ha matado a alguien.

—¿Qué debo hacer para ser uno de los suyos? —preguntó Syme con pasión.

—Sé que hay una vacante en este momento, ya que tengo el honor de estar un poco al tanto de los secretos del jefe del que le he hablado. ¿Quiere venir a verlo? O, mejor dicho, no digo que lo vaya a ver, ya que nadie lo ha visto nunca, pero podrá hablar con él, si quiere.

—¿Por teléfono, entonces?

—No. Tiene la fantasía de vivir en una habitación muy oscura. Dice que así sus pensamientos son más luminosos. Venga conmigo.

Bastante aturdido y considerablemente intrigado, Syme se dejó conducir hasta una puerta situada en el largo edificio de Scotland Yard. Sin darse cuenta de lo que le estaba pasando, pasó por las manos de cuatro empleados intermedios y, de repente, fue introducido en una habitación cuya oscuridad total causó en su retina una impresión idéntica a la de la luz más intensa. Porque no era la oscuridad habitual en la que las formas se difuminan vagamente, sino que Syme tuvo la sensación de que acababa de quedarse ciego.

—¿Es usted el nuevo recluta? —preguntó una voz potente.

Y, misteriosamente, aunque no podía percibir en aquella oscuridad ni siquiera la sombra de una forma humana, Syme fue consciente de dos cosas: primero, que la voz era la de un hombre de complexión robusta y, segundo, que ese hombre le daba la espalda.

—¿Es usted el nuevo recluta? —repitió el jefe, que parecía estar al tanto de todo—. Muy bien. Considérese alistado.

Syme, que sentía que las piernas le fallaban, se defendió débilmente contra lo irrevocable.

—La verdad es que no tengo experiencia —balbuceó.

—Nadie tiene experiencia —respondió la voz—, en la batalla de Armagedón.

—Pero... es que no estoy preparado.

—Tiene usted buena voluntad y con eso basta.

—Perdón, pero... no conozco ningún oficio en el que la buena voluntad sea suficiente...

—Yo conozco uno: el de mártir. Le condeno a usted a muerte. Buenos días.

Así, un instante después, Gabriel Syme, todavía con su miserable sombrero negro y su miserable abrigo de forajido, reapareció a la luz roja del atardecer como miembro del nuevo cuerpo de detectives, organizado con el fin de frustrar la gran conspiración. Siguiendo el consejo de su amigo el policía, que, por deformación profesional, era partidario de la pulcritud, se peinó la barba y el cabello, se compró un sombrero decente, un delicioso traje de verano azul grisáceo, se puso una flor amarilla pálida en el ojal y se convirtió, en una palabra, en ese joven de una elegancia un poco insoportable que más adelante Gregory iba a encontrar en el pequeño jardín de Saffron Park.

Antes de que abandonara definitivamente el edificio de la Policía, su amigo le proporcionó una tarjeta azul con la inscripción: «La Última Cruzada», y un número; era el símbolo de su autoridad. La guardó cuidadosamente en el bolsillo superior de su chaleco, encendió un cigarrillo y se lanzó a la persecución del enemigo por todos los salones de Londres.

Ya hemos visto adónde le llevó su aventura: hacia la una y media de la madrugada de un día de febrero, viajaba en una ligera embarcación por el Támesis. Armado con su estoque y su revólver, era el Jueves elegido oficialmente en el Consejo Central Anarquista.

Al embarcarse en el pequeño vapor, le pareció que se adentraba en algo completamente nuevo, no sólo en un nuevo país, sino en un nuevo planeta. Sin duda, esa impresión le venía de la decisión insensata pero irrevocable que acababa de cambiar su destino, si bien, el cambio del cielo y del tiempo desde que había entrado, dos horas antes, en la pequeña taberna, también tenía algo que ver. Nada quedaba de aquel plumaje crepuscular. Solitaria y desnuda, la luna reinaba en el cielo despejado. Una luna poderosa y llena, más comparable a un sol pálido que a una luna normal, que sugería la idea de un día muerto más que la de una hermosa noche de luna. Sobre todo el paisaje se extendía esa decoloración luminosa e irreal, ese crepúsculo de desastre que Milton observó durante los eclipses de sol. De modo que Syme se convenció de que estaba en otro planeta, menos vivo que el nuestro, orbitando alrededor de una estrella más triste que la nuestra.

Pero cuanto más profundamente sentía esta desolación de la luz de la luna, más ardía en él su locura caballeresca como un gran fuego. Hasta las cosas comunes que llevaba en los bolsillos, sándwiches, brandy, pistola cargada, cobraban vida con esa poesía concreta y material que exalta a un niño cuando se lleva un rifle al paseo o un pastel a la cama. El estoque y la petaca de brandy, esos accesorios imprescindibles y ridículos de todo conspirador, se convertían para él en la expresión de su propio romanticismo. El estoque era la espada del caballero, y el brandy, ¡el golpe del estribo! Porque las fantasías modernas, incluso las más deshumanizadas, siempre se refieren a algún símbolo antiguo y sencillo. Por muy loca que sea la aventura, el aventurero debe tener sentido común. Sin san Jorge, el dragón ni siquiera es grotesco. Del mismo modo, ese paisaje hostil sólo estimulaba la imaginación gracias a la presencia de un hombre auténtico. Para la imaginación desbordante de Syme, las casas y terrazas luminosas y desoladas que bordeaban el Támesis le parecían tan desiertas, tan tristemente desiertas como las montañas de la Luna. Pero la luna misma no sería poética si no hubiera un hombre en la Luna.

A pesar de los esfuerzos de los dos barqueros que dirigían la embarcación, ésta avanzaba lentamente. La luz de la luna que había brillado en Chiswick se apagó en Battersea, y cuando pasaron bajo la enorme masa de Westminster, comenzaba a amanecer. Grandes barras de plomo aparecieron en el cielo, luego se desvanecieron bajo barras de plata que pronto adquirieron el brillo del metal incandescente. La embarcación, cambiando de rumbo, se dirigió hacia una gran escalera, un poco más allá de Charing Cross.

Las grandes piedras del muelle aparecieron, gigantescas y oscuras, oponiéndose con su masa negra al blanco amanecer. Syme creyó estar abordando los colosales escalones de algún palacio de Egipto. La idea le gustó. ¿Acaso no pensaba, en efecto, asaltar los tronos macizos en los que se sentaban horribles reyes paganos? Saltó a tierra y se quedó un momento inmóvil sobre la losa húmeda y resbaladiza, una figura oscura y frágil perdida en ese inmenso montón de piedras talladas.

Los dos hombres hicieron retroceder el barco y comenzaron a remontar el río. Durante todo el viaje, no pronunciaron una sola palabra.

CAPÍTULO V

Aterrador desayuno

Al principio, Syme creyó que la escalera de piedra estaba desierta, como una pirámide. Pero, antes de llegar al último escalón, se dio cuenta de que había un hombre apoyado en la barandilla, mirando al río. Su aspecto era muy corriente. Llevaba un sombrero de seda y una chaqueta elegante con una flor roja en el ojal. Paso a paso se fue aproximando al hombre, que no se movía, hasta que pudo acercarse lo suficiente como para observar, a la pálida luz de la mañana, que el rostro del desconocido era alargado, pálido, inteligente y terminaba en una perilla negra, mientras que los labios y las mejillas estaban cuidadosamente afeitados, aquellos pocos pelos parecían haber sido olvidados allí por simple descuido. Ese rostro enteco, ascético, noble a su manera, no resultaba favorecido por la barba.

Y, mientras hacía estas observaciones, Syme seguía acercándose y el hombre permanecía inmóvil. A primera vista, Syme había intuido que aquel hombre estaba allí esperándolo. Luego, al no ver que hiciera ninguna señal, pensó que se había equivocado. Pero, de nuevo, volvió a convencerse de que aquel hombre no era ajeno a su aventura, pues una persona a la que casi roza un desconocido no permanece tan inmóvil y tranquila sin motivo. Era tan inerte y, por lo tanto, tan inquietante como una muñeca de cera. Syme seguía contemplando aquel rostro pálido, delicado y digno, cuya mirada apagada no se apartaba del río, y de repente, sacando de su bolsillo el documento que le confería el título de Jueves, lo puso ante los ojos tristes y tiernos del desconocido. Entonces, este sonrió, con una sonrisa que le pareció escalofriante, porque era una sonrisa «de un solo lado», que levantaba la mejilla derecha y bajaba la izquierda.

Sin embargo, en rigor, no había nada terrible en ello. Muchas personas tienen ese tic nervioso, esa mueca burlona, e incluso hay quienes lo practican con gracia. Pero, en las circunstancias en las que se encontraba Syme, bajo la influencia de aquel amanecer amenazador, con aquella misión mortífera y en la soledad de aquellas grandes piedras resbaladizas, recibió de aquella bienvenida una extraña impresión que lo heló y lo paralizó. Aquel río silencioso, aquel hombre silencioso, con aquel rostro antiguo... Y, como colofón toda la pesadilla, aquella mueca.

Pero esa mueca se borró al instante, y el rostro del anarquista recuperó su expresión de armoniosa melancolía. Sin más preguntas ni explicaciones, habló como se habla a un viejo colega:

—Si nos dirigimos inmediatamente a Leicester Square —dijo—, llegaremos justo a tiempo para desayunar. A Domingo le gusta mucho desayunar temprano. ¿Ha dormido?

—No.

—Yo tampoco —respondió el otro con voz tranquila—. Intentaré dormir después de comer.

Hablaba con una cortesía despreocupada, pero con una voz extremadamente monótona que contrastaba vivamente con el fervor fanático de su fisonomía. Diríase que utilizaba aquellos gestos y palabras de buen talante como obligaciones insignificantes, y que en realidad sólo vivía del odio. Tras un silencio, prosiguió:

—Sin duda, el presidente de la sección le ha dicho todo lo que podía decirle. Pero lo único que nunca se puede decir es la última idea de Domingo, porque sus ideas se multiplican como la vegetación de una selva tropical. Por si no lo sabe, le diré que ha decidido que nos escondamos sin escondernos en absoluto. Al principio, naturalmente, nos reuníamos bajo tierra, en un sótano, como hacen los miembros de su sección. Luego, Domingo nos convocó en un restaurante. Decía que, si no parecíamos ocultarnos, nadie sospecharía de nosotros. Sé bien que no hay nadie como él en el mundo, pero, sinceramente, a veces temo que su vasto cerebro se esté deteriorando un poco con la edad, porque ahora nos exponemos a la vista del público, desayunamos en un balcón, un balcón, fíjese bien, que domina Leicester Square.

—¿Y qué dice la gente? —preguntó Syme.

—Dicen —respondió su guía—, que somos unos alegres compañeros, unos caballeros que se autodenominan anarquistas.

—La idea de Domingo me parece muy ingeniosa.

—¡Ingeniosa! ¡Que Dios castigue su descaro! —exclamó el otro con una voz aguda que sorprendía y desentonaba tanto con su personaje como con su mueca—. ¡Ingeniosa! Una vez haya visto a Domingo un cuarto de segundo, perderá las ganas de calificar sus ideas de ingeniosas.

Con estas palabras, llegaron al final de una calle estrecha y Leicester Square apareció ante ellos, bañada por la luz de la mañana.

Nunca sabremos, creo, por qué esta plaza tiene un aspecto tan extraño y, en cierto modo, continental. Nunca sabremos si fue su aspecto extraño lo que atrajo a los extranjeros o si fueron los extranjeros los que le dieron este aspecto extraño. Precisamente, aquella mañana, el carácter de Leicester Square se mostraba de manera especialmente clara y evidente. La plaza abierta y las hojas soleadas de los árboles, la estatua y la silueta sarracena del Alhambra evocaban cualquier plaza de Francia o España. Syme tuvo cada vez más claramente una sensación que se repetiría muchas veces a lo largo de su aventura, la aguda sensación de que se había perdido en un planeta nuevo. De hecho, desde su juventud no había dejado de comprar malos puros en los alrededores de Leicester Square. Pero ese día, al descubrir al doblar la esquina las cúpulas moriscas y los árboles, habría jurado que estaba llegando a la «Plaza de Fulano de Tal» de alguna ciudad extranjera.

En la esquina de la plaza se perfilaba un hotel, cuya fachada principal daba a una calle lateral. Sobre una gran puerta acristalada, sin duda la puerta de un café, sobresalía un enorme balcón que dominaba la plaza, un balcón lo suficientemente espacioso como para colocar una mesa. En ese balcón había, efectivamente, una mesa, una mesa de desayuno, y alrededor de esa mesa, visible desde la calle y a pleno sol, un grupo de hombres ruidosos y charlatanes, todos vestidos a la última moda, con chaleco blanco y flor en el ojal. Cuando bromeaban, a veces se les oía desde el otro extremo de la plaza. El serio compañero de Syme hizo su mueca tan poco natural, y Syme comprendió que aquellos alegres comensales eran los miembros del cónclave secreto de los dinamiteros europeos.

Entonces, como no podía apartar la mirada de ese grupo, se fijó en algo que al principio se le había escapado. Y se le había escapado porque era demasiado grande para verlo a primera vista. En uno de los extremos del balcón, cortando la perspectiva, estaba la espalda de una gigantesca montaña humana. Al verlo, Syme pensó inmediatamente que el balcón de piedra iba a ceder bajo el peso de esa masa de carne. Y no era sólo porque fuera extraordinariamente alto e increíblemente corpulento por lo que este hombre parecía tan voluminoso: la verdadera causa de la impresión de exceso que producía estaba en la disposición de los planos de su persona, en las proporciones originales con las que se había ejecutado aquella estatua viviente. Visto desde atrás, como lo veía Syme, la cabeza, coronada de cabello blanco, parecía más alta y más ancha de lo normal, y las orejas parecían más grandes que las orejas humanas. Todo estaba en proporción. Junto a este coloso, todos los demás hombres se encogían, se convertían en enanos. Al verlos a los cinco sentados alrededor de la mesa, parecía que el hombre grande estuviera ofreciendo té a unos niños.

Cuando Syme y su guía se acercaron al hotel, un chico los recibió con una gran sonrisa.

—Esos señores están arriba —dijo—, charlando alegremente ¡dicen que quieren lanzar bombas sobre el rey!

Y el chico, con la servilleta colgada del brazo, se alejó rápidamente, muy divertido por la excepcional frivolidad de aquellos caballeros.

Los dos hombres subieron las escaleras en silencio. Syme ni por un momento pensó en preguntar si aquel monstruo que llenaba el balcón era realmente el gran presidente cuyo nombre los anarquistas no podían pronunciar sin temblar. Lo sabía, lo había sabido inmediatamente, sin que le fuera posible precisar los motivos de aquella certeza. Syme era uno de esos hombres que son susceptibles a las influencias psicológicas más misteriosas, hasta un grado casi patológico. Inaccesible al miedo físico, era demasiado sensible al olor a bajeza moral. Varias veces ya durante esa noche, cosas insignificantes habían adquirido en sus ojos una importancia capital, dándole la sensación de que se dirigía al cuartel general del infierno. Y esa sensación se volvía cada vez más patente ahora que iba a encontrarse con el gran presidente.

Dicha sensación se manifestó en la forma de una sugerencia infantil y, sin embargo, detestable. Mientras se dirigía hacia el balcón atravesando la sala que lo precedía, le pareció que el amplio rostro de Domingo se ensanchaba aún más, se amplificaba cada vez más, y se sintió terror al pensar que pronto sería demasiado grande para ser posible y que no podría evitar gritar. Recordó que, de niño, no podía mirar la máscara de Memnón en el Museo Británico porque era un rostro, y uno muy grande.

Haciendo un esfuerzo más heroico que el que habría necesitado para tirarse por un precipicio, se dirigió a un asiento vacío junto a la mesa y se sentó. Los demás lo saludaron con buen humor, con familiaridad, como si lo conocieran desde hacía mucho tiempo. Recuperó un poco la serenidad al comprobar que sus vecinos vestían de forma adecuada y normal, y que la cafetera era brillante y sólida. Luego volvió a mirar a Domingo: sí, su rostro era muy grande, pero no excedía las proporciones de un ser humano.

En comparación con el presidente, todos los comensales parecían bastante corrientes. Nada llamativo, a primera vista, salvo que, para obedecer el capricho del maestro, todos los miembros del Consejo iban vestidos como para una gala, de modo que parecía un banquete de boda.

Sin embargo, uno de esos individuos destacaba, incluso al examen más superficial, puesto que tenía pinta de dinamitero típico y, por así decirlo, normal. Llevaba, como los demás, un gran cuello blanco y una corbata de satén: el uniforme. Pero de ese cuello y esa corbata emergía una cabeza indomable. No había forma de equivocarse. Era una sorprendente maraña de barba y cabello castaño en la que brillaban los ojos de terrier, o quizás más bien los ojos tristes de un mujik ruso. Ese rostro no era aterrador, como el del presidente, pero tenía toda esa fascinación que a veces genera lo extremadamente grotesco. Si de ese cuello hubiera surgido una cabeza de gato o de perro, el contraste no habría sido más desconcertante.

Al parecer, este hombre se llamaba Gogol. Era polaco y, en este ciclo de días de la semana, llevaba el nombre de Martes. Su fisonomía y su lenguaje eran incurablemente trágicos, y no estaba en condiciones de desempeñar el papel frívolo y alegre que le imponía Domingo. Justo cuando Syme entraba, el presidente, con ese audaz desprecio de la sospecha pública que había convertido en principio, se burlaba de Gogol, reprochándole su rebeldía ante los modales y las gracias mundanas.

—Nuestro amigo Martes —decía el presidente con su voz profunda y tranquila, no capta bien mi idea—. Se viste como un caballero, pero se ve que tiene el alma demasiado grande para comportarse como un caballero. No puede renunciar a las actitudes de los conspiradores de los melodramas. Si un caballero con sombrero de copa y levita clásica pasea dignamente por Londres, nadie sospechará que es un anarquista. Pero si, por muy bien vestido que esté, se pone a andar a cuatro patas, entonces, sin duda, llamará la atención. Eso es lo que hace el hermano Gogol. Ha caminado a cuatro patas con tal diplomacia que ahora le cuesta mucho mantenerse en pie.

—No se me da bien fingir —dijo Gogol con aire feroz y un fuerte acento extranjero—. No me avergüenzo de la causa.

—¡Sí que lo hace! —replicó el presidente con alegría—, y la causa se avergüenza de usted. Se esfuerza tanto como cualquier otro por esconderse, pero no lo consigue porque es un burro. Pretende conciliar dos métodos irreconciliables. Cuando un propietario encuentra a un hombre debajo de su cama, naturalmente toma nota de esta circunstancia. Pero si es un hombre con sombrero de copa el que encuentra debajo de su cama, es poco probable, estará de acuerdo conmigo, querido Martes, que lo olvide fácilmente. Ahora bien, cuando lo encontraron a usted debajo de la cama del almirante Biffin...

—No se me da bien engañar al mundo... —respondió Gogol, sonrojándose.

—Exactamente, amigo mío —interrumpió el presidente con pesada bonhomía—: no se le da bien nada.

Mientras la conversación continuaba, Syme examinaba a los hombres que lo rodeaban. Y de nuevo se sintió oprimido por el horror que siempre le causaban las monstruosidades psíquicas.

Los invitados de Domingo, excepto Gogol, le habían parecido al principio personas bastante normales e incluso vulgares, en definitiva. Pero, al estudiarlos con más atención, observaba en cada uno de ellos, como en el hombre que lo había esperado en el río, una cualidad demoniaca. La mueca que desfiguraba repentinamente los rasgos de su guía correspondía en todos ellos a alguna deformación. Todos tenían algo excepcional, que se escapaba a un primer análisis, y ese algo excepcional era algo apenas humano. Syme pensó para sí que esas personas le parecían como si fueran personas a la moda y bien educadas con el ligero toque que habría añadido un espejo deformante, cóncavo o convexo.

Sólo los detalles individuales pueden explicar esta secreta anomalía. El cicerone de Syme era Lunes, secretario del Consejo. Después de la risa abominablemente alegre del presidente, nada era más espantoso que la mueca del secretario. Pero ahora que Syme podía observarlo con calma y a plena luz, distinguía en él otras singularidades. ¿Acaso ese rostro noble, pero increíblemente demacrado, delataba los estragos de la enfermedad? Aunque la intensa angustia de sus ojos negaba esa hipótesis. Ese hombre no padecía ningún mal físico, su sufrimiento era puramente intelectual: eran sus pensamientos los que lo torturaban.

Y este rasgo era común a todos los miembros del Consejo. La locura de Martes se delataba más rápidamente que la de su vecino Lunes. Pero, ¿no era también un loco Miércoles, un tal marqués de Saint-Eustache, una figura tan poco común como las otras dos? A primera vista, no se encontraba nada inusual en él. De todos, era el único que llevaba sus elegantes ropas como si fueran realmente suyas. Lucía una barba negra, recortada en forma cuadrada, al estilo francés, mientras que su levita era de corte más puramente británico. Syme no tardó en darse cuenta de que alrededor de este personaje se respiraba una atmósfera muy cargada, tan cargada que resultaba asfixiante. Recordaba los olores densos y las lámparas moribundas de los poemas más misteriosos de Byron o Poe. Todo en él adquiría un acento especial; la tela negra de su traje parecía más rica, más cálida, teñida de un color más intenso que el de las sombras negras que lo rodeaban. El secreto de ese negro era que era un púrpura demasiado denso. Y el secreto de su barba tan negra era que era de un azul demasiado oscuro. En la espesa oscuridad de esa barba, la boca, de un rojo ardiente, brillaba, sensual y despectiva. De dondequiera que viniera, ciertamente no era francés. Quizás era judío, pero lo más probable es que sus raíces se hundieran aún más profundamente en los remotos confines de Oriente. En los cuadros alegremente abigarrados y en los azulejos persas que representan a sátrapas cazando, se ven esos ojos almendrados, esas barbas negras con reflejos azules, y esos crueles labios rojo carmesí.

Luego venía Syme, y después un señor muy anciano, el ilustre profesor De Worms, ocupaba el asiento de Viernes. Al menos, todavía lo ocupaba, pero cabía esperar que lo dejara vacío en cualquier momento. Aunque su cerebro conservaba toda su actividad, el profesor se inclinaba hacia la última etapa de la decadencia senil. Su rostro era tan gris como su larga barba gris. Una profunda arruga, expresión de una dulce desesperación, le surcaba la frente. Nadie más, ni siquiera Gogol, contrastaba más penosamente con su traje de boda. La flor roja de su ojal exageraba aún más la palidez de un rostro literalmente descolorido, plomizo. Parecía un cadáver al que unos dandis borrachos hubieran vestido con ropajes de gala. Cada vez que tenía que levantarse o sentarse, lo que le costaba mucho esfuerzo, sus movimientos delataban algo peor que una simple debilidad, algo indefiniblemente relacionado con el horror de toda la escena. Una idea detestable cruzó la mente temblorosa de Syme. No era sólo decrepitud, ¡ya era podredumbre! No pudo evitar pensar que, con cada movimiento, al profesor se le podría caer uno de sus brazos o una de sus piernas.

Sábado ocupaba el extremo de la mesa. El más sencillo de todos, pero no por ello menos sorprendente. Este hombrecillo robusto, de rostro cuadrado y bien afeitado, se llamaba Bull, el doctor Bull. En él se observaba esa mezcla de desenvoltura y cortesía familiar que suele caracterizar a los médicos jóvenes. Portaba su elegante atuendo con audacia más que con naturalidad, y una vaga sonrisa permanecía congelada en sus labios. Su único rasgo distintivo era que llevaba unas gafas con cristales negros, casi opacos. ¿Por qué razón aquellos discos oscuros aterrorizaron a Syme? Quizás el *crescendo* de delirantes fantasías que lo agitaban lo predisponían a tomarlo todo de forma trágica. Inmediatamente recordó una horrible historia, medio olvidada, en la que se incrustaban monedas en los ojos de los muertos. La mirada de Syme no podía apartarse de esas gafas negras, de esa sonrisa congelada. Sobre la nariz del viejo profesor o del pálido secretario, no le habrían sorprendido. No le sentaban bien a aquel joven fornido, al que le daban un aspecto extrañamente enigmático. Ocultaban, por así decirlo, lo que habría sido la clave. ¿Qué significaba su eterna sonrisa? ¿Qué significaba su aspecto grave? Esa singularidad, unida a esa vulgar virilidad de la que carecían todos los demás, excepto Gogol, convenció a Syme de que el doctor de ojos negros debía de ser el peor de todos esos malvados. Incluso pensó que si el doctor se ocultaba los ojos era porque eran demasiado horribles de ver.

CAPÍTULO VI

¡Espía desenmascarado!

Aquellos seis hombres habían jurado destruir el mundo.

En varias ocasiones, Syme tuvo que hacer un gran esfuerzo por recuperar la compostura en su presencia. Por momentos, se daba cuenta de que sólo eran personas muy corrientes, uno de ellos viejo, otro neurasténico, otro miope... Pero siempre volvía a sucumbir al poder de un simbolismo fantástico. Cada uno de estos personajes parecía situarse en la frontera extrema de las cosas, al igual que su teoría se situaba en la frontera extrema del pensamiento. Sabía que cada uno de estos hombres se encontraba, por así decirlo, en el punto extremo de algún camino salvaje del pensamiento.

—Un hombre —pensaba Syme— que caminara siempre hacia el oeste hasta el fin del mundo acabaría sin duda encontrando algo, por ejemplo, un árbol, que sería a la vez más y menos que un árbol, es decir, un árbol poseído por espíritus. Y, del mismo modo, yendo siempre hacia el este, hasta el fin del mundo, encontraría cierta cosa que tampoco sería del todo esa misma cosa, tal vez una torre, cuya arquitectura misma ya sería un pecado.

Así, los miembros del Consejo, con sus siluetas violentas e incomprensibles, eran para Syme visiones vivientes del abismo, que se recortaban sobre el horizonte final. En ellos se unían los dos extremos del mundo.

La conversación no se había interrumpido, y el tono distendido y alegre de los conversadores contrastaba de la forma más sorprendente con el tema de la conversación, lo que resultaba en un almuerzo disparatado.

Hablaban, sin tapujos, de un complot que debía llevarse a cabo sin demora. El chico no estaba errado al decir que trataban de bombas y reyes. En tres días, el zar se reuniría con el presidente de la República francesa en París, y, en el soleado balcón, mientras comían jamón y huevos, estos alegres conspiradores planeaban la muerte de ambos. Incluso se designó al camarada que lanzaría la bomba: era el marqués de la barba negra.

En circunstancias menos extraordinarias, la inminencia de la realidad objetiva y positiva del crimen habría calmado a Syme y disipado sus temores puramente místicos. Sólo habría pensado en la necesidad de salvar a los dos hombres de los fragmentos de hierro y la deflagración de la pólvora que amenazaba con destrozarlos. Pero lo cierto es que, en ese preciso momento, comenzaba a sentir un temor personal e inmediato, en el que se desvanecían sus sentimientos de repulsión e incluso la preocupación por sus responsabilidades sociales. Ya no temblaba por el zar y el presidente de la República, sino por sí mismo.

La mayoría de los anarquistas, apasionadamente interesados en la discusión, apenas se preocupaban por Syme. Apretujados unos contra otros, todos estaban muy serios. Apenas se le escapaba alguna vez una mueca al secretario, como un relámpago en el cielo. Pero Syme hizo un comentario que al principio le inquietó y pronto le aterrorizó: el presidente no dejaba de mirarlo fijamente, de observarlo con un interés persistente. El enorme individuo permanecía perfectamente tranquilo, pero sus ojos azules se le salían de las órbitas y esos terribles ojos estaban fijos en Syme.

Syme sintió un deseo casi irresistible de saltar a la calle desde el balcón. Se sentía transparente como el cristal ante la aguda mirada de Domingo y no dudaba ya de que su condición de espía había sido descubierta por aquel hombre temible. Echó un vistazo por encima de la barandilla del balcón y vio, justo debajo, a un policía que contemplaba distraídamente las rejas del parque y los árboles bañados por el sol.

Entonces sintió una intensa tentación que le perseguiría más de una vez durante los días siguientes. En compañía de esos seres repugnantes, repulsivos y poderosos, esos príncipes de la anarquía, hasta entonces casi había olvidado a ese personaje insignificante, el poeta Gregory, simple esteta anarquista. Ahora lo recordaba con una especie de simpatía, como a un amigo con el que habría jugado en su infancia. Pero también recordaba que seguía vinculado a Gregory por una promesa inquebrantable: le había prometido no hacer precisamente lo que estaba a punto de hacer. Le había prometido no saltar del balcón, no llamar a ese policía. Retiró su mano helada de la fría balaustrada de piedra. Su alma se debatía en un vértigo de indecisión. Sólo tenía que romper un juramento imprudente, prestado a una sociedad de bandidos, y su vida se volvería tan bella y alegre como aquella soleada plaza. Por otro lado, si se mantenía fiel a las antiguas leyes del honor, se entregaba poco a poco y sin remedio a ese gran enemigo de la humanidad cuya evidente e inmensa inteligencia era una cámara de tortura.

Cada vez que se volvía hacia la plaza, veía al policía, cómodo como un pilar del sentido común y del orden público. Y cada vez que la mirada de Syme volvía a la mesa, veía al presidente que seguía espiándolo con sus insoportables ojos grandes. Sin embargo, hay dos ideas que no se le ocurrieron en el torrente de sus pensamientos.

En primer lugar, no se le ocurrió ni por un momento dudar de que el presidente y su Consejo pudieran aniquilarlo si se quedaba allí, solo, entre aquellos miserables. Sin duda, ejecutarlo en una plaza pública podría parecer imposible, pero Domingo no era hombre de mostrar tanta desenvoltura sin haber preparado su trampa en algún lugar y de alguna manera. Veneno anónimo o accidente repentino, aparentemente fortuito, hipnotismo, fuego infernal: no importaba cómo, pero sin duda Domingo podía atacarlo. Si Syme se atrevía a desafiar a ese hombre, Syme estaba condenado: quedaría paralizado en su asiento o moriría mucho tiempo después de alguna misteriosa enfermedad. Si llamaba inmediatamente a la Policía, hacía arrestar a todo el mundo, lo contaba todo y movilizaba toda la energía de Inglaterra contra esos monstruos, tal vez se podría salvar, desde luego esa era su única posibilidad. Allí, en un balcón, sobre una plaza transitada, sólo eran un grupo de caballeros, pero entre ellos Syme no se sentía más seguro que en alta mar, en un barco lleno de piratas armados.

Y tampoco se le ocurrió que podría pasarse al enemigo. Muchos otros, en aquella época, acostumbrados a honrar con toda su debilidad la inteligencia y la fuerza, podrían haber dudado en su lealtad, cediendo al prestigio opresivo de la poderosa personalidad de Domingo. Habrían saludado en él al Superhombre. Y, de hecho, si el superhombre es concebible, Domingo se le parecía mucho, con su energía capaz de sacudir la tierra en un momento de distracción. Era una estatua de piedra que andaba. Sí, ese ser con planes grandiosos, demasiado visibles para ser vistos, con un rostro demasiado abierto, demasiado explícito para ser comprendido, podía hacer pensar que había allí algo más que un hombre. Pero Syme, por muy deprimido que estuviera, no era propenso a caer en esa debilidad tan moderna. Como todo el mundo, era lo suficientemente cobarde como para temer la fuerza, y no era lo suficientemente cobarde como para admirarla.

Los anarquistas comían mientras charlaban, y hasta en su forma de comer se revelaba el carácter de cada uno. El doctor Bull y el marqués picoteaban despreocupadamente los mejores trozos de faisán frío y paté de Estrasburgo. El secretario era vegetariano y discutía sobre bombas y asesinatos mientras devoraba un tomate crudo, regado con un vaso de agua tibia. El viejo profesor tenía hipos que anunciaban una próxima senilidad. El presidente imponía, allí como en todo, la indiscutible superioridad de su corporalidad. ¡Comía como veinte cavadores! ¡Comía increíblemente! Al verlo devorar, parecía que estuviéramos asistiendo al funcionamiento de una fábrica de salchichas. Y después de engullir una docena de panecillos en unos pocos bocados y beber una pinta entera de café, volvía a torcer la cabeza para continuar vigilando a Syme.

—A menudo me he preguntado —dijo el marqués mientras mordía una tostada con mermelada—, si no sería mejor utilizar el cuchillo en lugar de la bomba. El cuchillo ha servido para cortar cosas excelentes. ¡Qué sensación tan exquisita! ¡Clavar un cuchillo en la espalda de un presidente de la República y retorcer la hoja en la herida!

—Se equivoca, protestó el secretario frunciendo el ceño. El cuchillo era adecuado para la antigua disputa personal de un individuo contra un tirano. La dinamita no sólo es nuestro mejor instrumento, sino también nuestro mejor símbolo. Un símbolo tan perfecto del anarquismo como lo es el incienso para las oraciones de los cristianos. La dinamita se propaga y destruye sólo porque se propaga. El pensamiento también destruye sólo porque se propaga. ¡El cerebro es una bomba! —exclamó, abandonándose de repente a su pasión y golpeándose violentamente la cabeza—. ¡Mi cerebro es una bomba que siento a punto de estallar en cualquier momento! ¡Quiere propagarse! ¡Debe propagarse! El pensamiento debe propagarse, aunque el universo se reduzca a polvo.

—No deseo que el universo salte por los aires en este momento —dijo el marqués en voz muy baja—, quiero hacer todo el daño que pueda antes de morir. Lo pensaba anoche, en mi cama.

—En efecto —dijo el doctor Bull con su sonrisa de esfinge—, si la nada es el único objetivo de todo, ¿merece la pena el más mínimo esfuerzo?

El viejo profesor miraba al techo con sus ojos muertos.

—Todo el mundo sabe —dijo—, todo el mundo sabe, en el fondo de su corazón, que nada merece ningún esfuerzo.

Se produjo un extraño silencio, y luego:

—Nos estamos desviando del tema —observó el secretario—. La cuestión es saber cómo actuará Miércoles. Me parece que debemos ceñirnos a la idea inicial: la bomba. En cuanto a los detalles, opino que, mañana por la mañana, nuestro compañero se embarcará hacia...

El secretario se interrumpió bruscamente: una gran sombra se había proyectado sobre la mesa.

El presidente Domingo se había levantado y ya no había cielo sobre el balcón.

—Antes de pasar a discutir este punto —dijo con una voz extrañamente aguda—, les ruego que me acompañen a un despacho privado. Tengo una comunicación muy especial que hacerles.

Syme fue el primero en levantarse. Había llegado el momento de elegir, pues la pistola estaba apuntando a su sien. Abajo, el policía paseaba perezosamente zapateando contra el suelo, pues la mañana era hermosa, pero fría.

De repente, en la calle vecina, un organillo comenzó a tocar una melodía. Syme se enderezó con orgullo, como si hubiera oído sonar el zafarrancho de combate. Sintió que le invadía, sin saber desde dónde, un valor sobrenatural. Para él, en esa humilde melodía había toda la vivacidad, toda la vulgaridad también, y toda la virtud irracional de los pobres que, por las calles sucias de Londres, caminan sin rumbo fijo, firmemente apegados a la decencia y la caridad del cristianismo. Ya no pensaba en su juvenil aventura como policía voluntario, ya no se concebía a sí mismo como representante de una asociación de caballeros que desempeñaban como aficionados el papel de detectives y se había olvidado del viejo excéntrico que vivía en su habitación llena de oscuridad. ¡No! Él era el embajador de toda esa gente pobre, honesta y vulgar que, por las calles, se dirige cada mañana a la batalla de la vida al son del organillo. Y esa gran gloria de ser simplemente un hombre lo elevaba, sin que pudiera decir por qué ni cómo, a una altura inconmensurable por encima de los monstruos que lo rodeaban. Por un momento, al menos, juzgó su rareza como algo innoble, desde lo alto de ese punto de vista celestial que es lo vulgar. Tenía sobre todos ellos esa superioridad inconsciente y elemental de un hombre valiente sobre bestias poderosas, de un sabio sobre errores poderosos. Sin duda, no poseía, y lo sabía bien, ni la fuerza intelectual ni la fuerza física del presidente Domingo, pero esto le preocupaba tan poco como el no tener los músculos de un tigre o el apéndice nasal de un rinoceronte. Lo olvidaba todo ante esa certeza suprema: que Domingo estaba equivocado y que el organillo tenía razón. En su memoria resonaba la máxima irrefutable y terrible de la *Cantar de Roldán:*

«Los paganos están equivocados y los cristianos tienen razón» que, en aquel antiguo francés nasal, era como el ruido de las grandes armas de hierro. La carga de su debilidad se desprendía de él y, con firmeza, tomó la resolución de afrontar la muerte. Pensó que el hombre del organillo cumplía sus compromisos, según las leyes del antiguo honor y que él debía hacer lo mismo. La lealtad a su palabra consistía precisamente en que la había dado, esa palabra de honor, a un infiel. Y la auténtica victoria sobre aquellos locos sería seguirlos a aquel gabinete privado y morir por una causa que ellos ni siquiera podrían comprender. El organillo tocaba una marcha con toda la energía y la perfecta armonía de una experta orquesta, y Syme distinguía, bajo los estallidos de los metales que celebraban la gloria de vivir, el profundo redoble de tambor que afirmaba la gloria de morir.

Los conspiradores ya se alejaban por la puerta acristalada y por las habitaciones. Syme fue el último en cruzar el umbral del balcón. Aparentemente tranquilo, su cerebro y todos sus miembros vibraban con un ritmo romántico. El presidente los condujo, por una escalera de servicio, a una habitación vacía, fría y mal iluminada donde había una mesa y unos bancos. Parecía un despacho abandonado. Cuando todos entraron, Domingo cerró la puerta y giró la llave en la cerradura.

El primero, Gogol, el irreductible, tomó la palabra. Parecía ahogado por la furia.

—¡Así que eso es lo que pasa! —exclamó, y su inglés-polaco—, inarticulado, se volvió casi incomprensible. ¡Así que eso es lo que pasa, que renuncian a esconderse! ¡Dicen que se muestran! ¡Se burla de nosotros! Cuando se trata de hablar en serio, ¡no duda en encerrarse en una caja oscura!

El presidente soportó con buen humor la incoherente diatriba del extranjero.

—Aún no lo entiende, Gogol —dijo paternalmente—. A la gente que nos ha oído decir tonterías en el balcón ya no le importa adónde vamos después. Si hubiéramos empezado por escondernos aquí, todos los chicos habrían venido a escuchar a la puerta... No conoce usted la naturaleza de los hombres.

—¡Yo muero por ellos! —exclamó el polaco—. ¡Yo mato a sus opresores! Pero no me gusta el juego del escondite. Quiero golpear a los tiranos en plena plaza.

—Muy bien, muy bien —dijo el presidente sentándose al final de la mesa—. Empiezas muriendo por la humanidad y luego resucitas para golpear a los tiranos. Es maravilloso. Ahora, permítanme rogarles que controlen sus nobles sentimientos y se sienten con estos señores. Por primera vez, esta mañana, van a escuchar palabras sensatas.

Con la presteza que había mostrado desde el principio, Syme fue el primero en sentarse. Gogol se sentó el último, refunfuñando entre dientes, y en varias ocasiones se pudo oír la palabra «compromiso». Nadie, excepto Syme, parecía sospechar el golpe que se iba a dar. En cuanto a él, sentía la sensación de un hombre que sube al cadalso, pero que se promete a sí mismo no morir antes de haber pronunciado un hermoso discurso.

—¡Compañeros! —dijo el presidente levantándose de repente—. ¡Ya basta de bromas! Los he reunido aquí para decirles algo tan sencillo y, sin embargo, tan impactante que los chicos de este establecimiento, por muy acostumbrados que estén a nuestras locuras, podrían notar en mis palabras una gravedad inusual. ¡Compañeros! Hace un momento estábamos discutiendo los planes de acción; proponíamos lugares... Antes de seguir adelante, les pido que confíen la decisión por completo y sin limitaciones a uno de nosotros, a uno sólo: al camarada Sábado, el doctor Bull.

Todas las miradas se fijaron en Domingo. De repente, los miembros del Consejo se levantaron, porque las palabras que siguieron, sin ser pronunciadas en voz alta, sonaban con una energía que impresionaba.

Domingo dio un puñetazo en la mesa.

—¡Ni una palabra más hoy sobre nuestros planes! Ni la más mínima revelación de nuestros proyectos en esta reunión.

Domingo llevaba toda la vida sorprendiendo a sus compañeros. Sin embargo, al verlos, diríase que nunca los había dejado tan asombrados. Todos se agitaban febrilmente en sus asientos, excepto Syme. Inmóvil, apretaba en su bolsillo la culata de su revólver, dispuesto a vender cara su vida: por fin se sabría si el presidente era mortal.

Domingo continuó, con voz tranquila:

—Sin duda lo adivinarán: para prohibir, en este festival de la libertad, la libertad de expresión, sólo puedo tener un motivo. No importa que los extraños nos oigan. Para ellos está claro que estamos bromeando. Lo que importa, lo que tiene una importancia capital, es que entre nosotros hay un hombre que no es de los nuestros, un hombre que conoce nuestros graves designios y que no siente ninguna simpatía por ellos, un hombre...

El secretario lanzó un grito agudo, femenino, y se levantó de un salto:

—¡Es imposible!... Es imposible que...

El presidente golpeó la mesa con su mano, grande como la aleta de un pez enorme.

—Sí, hay un espía en esta sala —dijo, pronunciando lentamente—. Hay un traidor en esta mesa. No diré ni una palabra más. Su nombre...

Syme hizo ademán de levantarse, con el dedo en el gatillo de su revólver.

—Se llama Gogol —continuó el presidente—: es ese charlatán peludo que dice ser polaco.

Gogol se puso de pie, con un revólver en cada mano. En ese mismo instante, tres hombres se abalanzaron sobre él. El propio profesor hizo un esfuerzo por levantarse.

Syme no llegó a ver gran cosa de lo que sucedió a continuación. Estaba como cegado por una beneficiosa oscuridad. Derrumbado en su banco, temblaba, como aterrorizado por sentirse salvado.

CAPÍTULO VII

El inexplicable comportamiento del profesor De Worms

—¡Siéntense! —gritó Domingo con una voz que rara vez utilizaba, una voz que hacía caer de las manos las espadas alzadas.

Los tres hombres que habían apresado a Gogol lo soltaron, y este personaje ambiguo volvió a ocupar su asiento.

—Bien, señor mío —prosiguió el presidente, como si se dirigiera a un desconocido—, ¿sería tan amable de registrar el bolsillo superior de su chaleco y mostrarme su contenido?

El supuesto polaco palideció bajo su maraña de pelo oscuro. Sin embargo, con aparente calma, deslizó dos dedos en el bolsillo indicado y sacó un trozo de tarjeta azul.

Al ver esa tarjeta sobre la mesa, Syme volvió a tomar conciencia del mundo exterior. Aunque estaba colocada al otro extremo de la mesa y no podía leer lo que ponía, esa tarjeta se parecía sorprendentemente a la que él mismo llevaba en el bolsillo y que le habían entregado al ingresar en la policía antianarquista.

—Eslavo patético —dijo el presidente—, miserable hijo de Polonia, ¿está usted dispuesto a afirmar, ahora y a la vista de esa tarjeta, que en nuestra sociedad no está usted... cómo decirlo... de más?

Todos se sorprendieron al oír una voz clara, comercial, por así decirlo, y casi arrabalera, salir de aquella exótica selva de pelo. Era tan paradójico como si, de repente, un chino hubiera hablado inglés con acento escocés.

—Supongo que se hace cargo de su posición —continuó Domingo.

—¡No me diga! —replicó el polaco—. Pero dígame usted si un verdadero polaco habría sabido ser tan polaco como yo.

—Eso debo admitirlo. Su acento, por cierto, es inimitable; sin embargo, lo intentaré imitar mientras me baño. ¿Le importaría dejar aquí su barba junto con su tarjeta?

—¡En absoluto!

69

Y, de un golpe, Gogol se arrancó toda su máscara barbuda y peluda, de donde emergió un rostro pálido y descarado, con cabello rubio.

—Además es que me daba mucho calor —añadió.

—Para ser justo tengo que decir que, bajo esa máscara tan cálida, ha sabido usted mantener su frescura —dijo Domingo—, con una especie de admiración brutal. Escúcheme, usted me cae bien. Por ello, me desagradaría, durante al menos dos minutos y medio, saber que ha muerto entre grandes sufrimientos. Pues bien, si habla de nosotros a la Policía o a cualquier alma viviente, tendré que soportar esos dos minutos y medio de desagrado. En cuanto a la inconveniencia que le supondría a usted, no voy a entrar en detalles. Adiós, pues, y tenga cuidado con la escalera.

El antes llamado Gogol, el detective pelirrojo, se levantó sin decir palabra y salió de la habitación lentamente, con aire de total indiferencia. No obstante, Syme, que estaba atónito, se convenció de que esa desenvoltura era fingida, pues un ligero traspiés le indicó que el detective no había prestado atención a la escalera.

—El tiempo pasa —dijo el presidente de la forma más alegre posible, mirando un reloj que, al igual que él y todo lo que llevaba consigo, era de dimensiones anormales—. Debo dejarles inmediatamente: tengo la obligación de presidir una reunión humanitaria.

El secretario se volvió hacia él con el ceño fruncido.

—¿No sería mejor —dijo secamente—, retomar la discusión de nuestro proyecto, ahora que ya estamos solos?

—No estoy de acuerdo —respondió el presidente, con un bostezo comparable a un terremoto leve—. Dejémoslo todo tal cual. Sábado lo organizará todo. Me voy. Tengo prisa. Desayunaremos aquí el próximo domingo.

Pero la dramática escena que acababa de presenciar había alterado singularmente el sistema nervioso del secretario. Era uno de esos hombres que son concienzudos hasta en el crimen.

—¡Tengo el deber de protestar, presidente, contra esta irregularidad! —dijo—. Es una de las reglas fundamentales de nuestra sociedad que todos los planes deben ser discutidos en sesión plenaria. Sin duda, y respetando absolutamente su prudencia, en presencia de un traidor...

—Secretario —le interrumpió el presidente muy seriamente—, si se lleva su cabeza a casa, intente cocerla como si fuera un nabo; tal vez entonces sirva para algo. Creo yo, tampoco estoy seguro.

El secretario reprimió un rugido de furia.

—En verdad —murmuró—, no puedo entender...

—Exactamente —dijo el presidente inclinando la cabeza varias veces—, ¡eso es! No puede comprenderlo, y eso le pasa bastante a menudo. ¡A ver, burro testarudo! —rugió levantándose—. No quería que un espía nos oyera, ¿eh? Pues bien, ¿cómo sabe que, en este mismo momento, un espía no nos está oyendo?

Dicho esto, salió de la habitación encogiéndose de hombros.

De los cinco hombres que permanecían en el gabinete, cuatro abrieron la boca y abrieron mucho los ojos sin saber de qué estaba hablando. Sólo Syme sospechaba la verdad, y esa sospecha le hacía temblar hasta la médula. Si las palabras del presidente no carecían de sentido, significaban que Syme era, como mínimo, sospechoso. Quizás Domingo no estaba seguro de poder desenmascararlo, como había hecho con Gogol, ¡pero desconfiaba de él!

Los otros cuatro acabaron marchándose a almorzar, ya que era más de mediodía. El profesor se dirigió hacia la puerta muy lentamente, con gran dificultad.

Syme se quedó solo durante mucho tiempo, meditando sobre su extraña situación. Había escapado del primer trueno, pero la nube seguía pesando sobre él. Finalmente, salió y se dirigió a Leicester Square.

La temperatura había bajado. Syme se preocupó al ver caer los copos de nieve. Todavía tenía el estoque y el resto del equipo de Gregory, pero su capa había quedado en algún lugar, tal vez en el barco o en el balcón. Con la esperanza de que la ráfaga no durara mucho, se refugió bajo el toldo de una pequeña peluquería, cuyo escaparate sólo contenía una enfermiza figura de cera de una mujer con escote.

Sin embargo, la nieve caía cada vez con más intensidad. Syme, incomodado por la sonrisa insulsa del maniquí, se volvió hacia la calle y observó cómo los adoquines se cubrían de blanco. Le sorprendió ver a un hombre detenido frente al escaparate, inmóvil, como hipnotizado por la insoportable estatuilla. Su sombrero era blanco como el de Papá Noel, y la nieve se acumulaba alrededor de sus zapatos. Pero parecía que nada podía apartarlo de la contemplación de aquella muñeca marchita. Era bastante extraño que un ser humano se quedara en un momento así observando una tienda como aquella. El asombro de Syme no tardó en convertirse en una inquietud muy personal, pues de repente reconoció al viejo profesor paralítico De Worms. No era el lugar adecuado para un hombre de su edad, agobiado por las dolencias que padecía.

Syme estaba dispuesto a admitir cualquier cosa inverosímil sobre cualquiera de los «deshumanizados» que componían el Consejo. Pero no podía creer que el viejo profesor estuviera enamorado de aquella muñeca de cera. Prefirió explicarse el caso suponiendo que el enfermo era propenso a sufrir ataques de catalepsia, de rigidez repentina, e incluso se felicitó, al no sentir ninguna compasión por un individuo así, de poder distanciarse de él inmediatamente con una rápida huida.

Porque Syme necesitaba escapar, aunque sólo fuera por una hora, de la atmósfera envenenada que respiraba desde la víspera. Así, al menos, podría poner orden en sus pensamientos, plantearse cómo proceder y, en primer lugar, resolver este problema: ¿estaba o no encadenado por la palabra dada a Gregory?

Bajo los copos de nieve que bailaban en el aire, se alejó, cruzó algunas calles y entró en un pequeño restaurante del Soho para almorzar.

Comió tres o cuatro platos, mientras reflexionaba, bebió media botella de vino tinto y terminó con una taza de café acompañada de un cigarro. Había elegido su mesa en la sala del primer piso, donde resonaban incesantemente el tintineo de los cuchillos y tenedores y el ruido de las conversaciones en lenguas extranjeras. Recordó que, en otro tiempo, había sospechado de anarquismo a esos valientes e inofensivos extranjeros, y se estremeció al pensar en lo que era un verdadero anarquista. Pero, mientras se estremecía, también pensó que había huido, y eso le causó una impresión mezcla de cierta vergüenza y mucho placer. El vino, la comida, que no tenía nada de extraordinario, el carácter familiar del lugar, los rostros de aquellos hombres charlatanes y sencillos, todo le tranquilizaba, ¡y se sentía tentado a creer que el Consejo de los Siete no era más que un mal sueño! Aunque se veía obligado a admitir para sí mismo que el terrible Consejo no era en absoluto una quimera, entendía que, al menos por el momento, no era más que una realidad lejana. Grandes casas y calles concurridas lo separaban de los malditos Siete. Era libre, en una ciudad libre, y bebía su vino entre hombres libres. Con un suspiro de alivio, cogió su sombrero y su bastón y bajó al salón de la planta baja, que debía atravesar para salir.

Al entrar en esa sala se quedó clavado, como congelado. En una mesita, cerca de la ventana y de la calle cubierta de nieve, el viejo profesor anarquista estaba sentado ante un vaso de leche, con los párpados entrecerrados y el rostro lívido.

Por un instante, Syme se quedó erguido, rígido como el bastón en el que se apoyaba. Luego, con una precipitación loca, pasó junto al profesor, abrió la puerta y, dejándola cerrarse detrás de él, se lanzó a la calle, a la nieve.

—¿Me seguirá este cadáver? —se preguntaba Syme mordisqueándose el bigote rubio—. Me he entretenido demasiado, le he dado tiempo para alcanzarme a pesar de sus pies de plomo. Por suerte, acelerando un poco el paso, puedo sin dificultad poner entre él y yo la distancia que hay de aquí a Tombuctú... Por lo demás, mi suposición no tiene sentido. ¿Por qué me seguiría? Si Domingo me hubiera puesto bajo vigilancia, no habría encargado esa misión a un paralítico.

Con paso firme, mientras hacía girar su bastón entre los dedos, se dirigió hacia Covent Garden. Al cruzar el Gran Mercado, la nevada se intensifico, la ventisca se volvía cegadora a medida que bajaba el día. Los copos le picaban como innumerables enjambres de abejas plateadas, penetrando en sus ojos, en su barba, sobreexcitando sus nervios ya muy tensos. A la entrada de Fleet Street, perdió la paciencia y, al encontrarse frente a una tetería abierta los domingos, se refugió en ella. Para guardar las apariencias, pidió una segunda taza de café solo. Apenas la había pedido cuando el profesor De Worms, con dificultad y tropezando, abrió la puerta de la tienda y, sentándose con dificultad, pidió una taza de leche.

El estoque de Syme se le escapó de las manos y al caer hizo un ruido metálico que delató la presencia de la espada en su interior. El profesor no pareció oírlo. Syme, que era un hombre bastante tranquilo, lo miraba boquiabierto, como un campesino que asiste a un juego de manos. No había visto ningún carruaje detrás de él. No había oído ninguno detenerse delante de la tienda. Según todas las apariencias, el profesor había venido a pie. Pero ¿cómo? El anciano no iba mucho más rápido que un caracol, ¡y Syme había corrido como el viento!

Desconcertado por lo inverosímil del hecho, se levantó, cogió su bastón y se escabulló sin haber tocado su café. Un autobús que se dirigía al Bank pasaba a gran velocidad. Syme tuvo que correr unos cien pasos para alcanzarlo. Saltó al estribo, respiró un momento y luego subió al piso superior. Llevaba allí medio minuto más o menos cuando oyó un jadeo asmático procedente de abajo. Al volverse, vio subir poco a poco por los escalones del autobús un sombrero de copa blanco como la nieve, luego el rostro miope y, por último, los hombros temblorosos del viejo profesor De Worms, que avanzó con pasos muy cortos, se dejó caer en el asiento con un ligero suspiro y se envolvió lentamente en los pliegues de su abrigo. Cada movimiento de aquel cuerpo tembloroso, cada uno de sus gestos, demostraba con total evidencia la debilidad incurable, la impotencia total de ese organismo desgastado. Y, sin embargo, a menos que se admitiera que las entidades filosóficas llamadas espacio y tiempo carecían de toda realidad, parecía innegable que ese anciano había tenido que correr tras el autobús.

Syme se irguió en toda su estatura y, lanzando una mirada aterrada al cielo invernal, que se oscurecía por momentos, se deslizó, más que bajó, por la escalera. Tuvo que reprimir el impulso de tirarse por la barandilla.

Sin mirar atrás, sin pensarlo, se adentró a ciegas, como una liebre en una madriguera, en uno de los pequeños patios que rodean Fleet Street. Tenía la vaga idea de perderle la pista al viejo demonio perdiéndose él mismo en aquel laberinto de callejuelas estrechas. Así que se sumergió en aquellos pasajes sinuosos que parecían más callejones sin salida que calles, y después de girar en una veintena de esquinas y trazar algún polígono inimaginable, al cabo de unos minutos se detuvo y aguzó el oído. No se oía ningún ruido de pasos, si bien era cierto que la gruesa capa de nieve que cubría estas callejuelas amortiguaba todos los ruidos. Sin embargo, en algún lugar, detrás de Red Lion Court, había notado al pasar que un ciudadano voluntarioso había barrido la nieve en un espacio de unos veinte metros, dejando descubierta la grava, húmeda y brillante. Al principio no le había prestado mucha atención. Y estaba a punto de reanudar su carrera cuando su corazón dejó de latir: oyó resonar, en ese lugar despejado, la muleta del infernal lisiado.

El cielo, cubierto de nubes, cernía sobre Londres un crepúsculo denso, insólito a esa hora tan temprana de la tarde. A derecha e izquierda de Syme, las paredes del callejón eran lisas e impersonales; ni una ventana, ni una abertura. Volvió a sentir la necesidad de llegar a las calles anchas e iluminadas, de salir de aquel laberinto de casas tristes. Pero vagó durante mucho tiempo en todas direcciones antes de llegar a la gran arteria y, cuando lo consiguió, se encontró mucho más lejos de lo que había pensado, en la vasta soledad de Ludgate-Circus. Divisó la catedral de San Pablo en medio del cielo.

Al principio le sorprendió la soledad de aquellas grandes avenidas. Era como si la peste hubiera diezmado a la población. Luego pensó que eso se debía a que la tormenta de nieve era hasta peligrosa. Por fin recordó que era domingo. Al pronunciar en voz baja esa palabra, se mordió el labio. ¡Domingo! Aquellas sílabas tenían ahora para él un significado sacrílego.

Bajo la espesa niebla, la ciudad adquiría un extraño color verdoso, como submarino. Detrás de Saint-Paul, el sol, era un disco de metal con tonos humeantes y siniestros, morbosos, tonos de un rojo marchito, de un bronce deslustrado, que resaltaban la opaca blancura de la nieve. Sobre este fondo lúgubre se elevaba la masa negra de la catedral y, en su cima, se distinguía una gran mancha de nieve, como en un pico alpino. La masa de nieve, después de acumularse lentamente, se había derrumbado, pero al hacerlo había cubierto la cúpula, de arriba abajo, con su manto blanco, de manera que el globo y la cruz sobresalían en plata pura. Ante esta visión, Syme se irguió involuntariamente e hizo el saludo militar con su estoque.

Sabía que el horrible camarada lo seguía siempre como su sombra, pero ya no le importaba. Era como un símbolo de la fe y la virtud, ese lugar elevado de la tierra que permanecía resplandeciente en los cielos oscurecidos. Los demonios podían haberse apoderado de los cielos, pero no podían tocar la cruz.

Syme sintió de repente el deseo de arrancarle su secreto a aquel paralítico que lo perseguía capaz de correr y saltar. En la esquina del Circo, se volvió, empuñando su estoque, para plantar cara a su perseguidor.

El profesor De Worms giró lentamente la esquina del irregular callejón por el que venía. Su forma grotesca, difuminada contra una solitaria farola, recordó inevitablemente a Syme «el hombre torcido que caminó una milla torcida», del que se habla en las canciones infantiles. Era realmente tentador creer que su forma retorcida le había sido dada, impuesta, por aquellas calles tortuosas.

Se acercaba, y la luz de la farola se reflejaba en sus gafas levantadas, en su rostro paciente, que mantenía erguido e inmóvil. Syme lo esperaba como san Jorge esperó al dragón, como un hombre que va a obtener una explicación final o la muerte.

Y el viejo profesor se dirigió directamente hacia Syme y pasó junto a él como si fuera un desconocido, sin mirarlo con sus ojos llorosos.

Ese silencio, esa especie de inocencia fingida, exasperaron a Syme. El anciano parecía expresar, tácitamente, con su rostro impasible, con sus modales, en cierto modo anodinos, que no perseguía a nadie y que todos esos encuentros habían sido simples y insignificantes coincidencias.

Syme se sintió henchido de una energía repentina, mezcla de furia e ironía. Hizo un aspaviento, con el que casi le tiró el sombrero al profesor, y gritó algo como: «¡Atrápeme si puede!» y echó a correr por el amplio y blanco Circus. Allí era imposible esconderse. Al volverse, pudo ver al anciano que lo perseguía a grandes zancadas. Parecían dos hombres retándose a una carrera. Pero la cabeza del profesor seguía pálida, seria, inmóvil y, en definitiva, profesoral: la cabeza de un catedrático plantada sobre el cuerpo de un saltimbanqui.

Esta extraña carrera continuó sin descanso a través de Ludgate-Circus, por Ludgate Hill, alrededor de la catedral de San Pablo, a lo largo de Cheapside, y en ella Syme parecía revivir todas las pesadillas olvidadas.

Finalmente, se dirigió hacia el río y se detuvo cerca de los muelles. Vio los cristales amarillos de una tasca, entró y pidió una cerveza. Era una taberna sórdida, llena de marineros extranjeros, un lugar, donde muy probablemente se fumaba opio y se jugaba con cuchillos...

Justo después entró el profesor De Worms, se sentó y pidió un vaso de leche.

CAPÍTULO VIII

Explicaciones del profesor

Cuando por fin se sentó frente al profesor, que lo miraba fijamente con las cejas levantadas sobre sus pesados párpados, Syme volvió a sentir terror, porque, sin lugar a dudas, aquel ser incomprensible lo perseguía. El hecho de que tuviera el privilegio de reunir en su persona las dos cualidades de paralítico y corredor lo hacía muy interesante, y sobre todo muy inquietante. De todas formas, no sería mucho consuelo para Syme lograr penetrar en el misterio del profesor, si, por su parte, el profesor lograba desenmascararlo a él. Syme ya había vaciado su jarra de cerveza, mientras que el profesor no había tocado su vaso de leche.

Se le ocurrió una explicación tan tranquilizadora como improbable. Quizás lo perseguían no para espiarlo, y sin sospechar de él. Quizás se trataba de una especie de rito que marcaba la toma de posesión del nuevo consejero. Quizás el nuevo Jueves era y debía ser perseguido así a lo largo de Cheapside, al igual que se suele escoltar al nuevo alcalde de Londres por esa zona.

Syme buscaba una manera de iniciar la conversación con el viejo profesor, cuando este le dirigió la palabra. Sin preámbulos, antes de que Syme formulara la pregunta diplomática que por fin había encontrado:

—¿Es usted policía? —le preguntó el viejo anarquista.

Por muy preparado que estuviera Syme, no podía esperar una pregunta tan directa, tan brutal. A pesar de toda su presencia de ánimo, no se le ocurrió nada mejor que repetir, estallando en una risa forzada:

—¡Policía dice! ¡Policía! —y siguió riendo. Luego continuó—: ¿Qué hay en mí que le haga pensar que soy policía?

—Es muy sencillo —dijo el profesor con insistencia—, tiene usted aspecto de policía. Lo vi enseguida y lo sigo viendo.

—¿Acaso me he llevado por error, al salir del restaurante, el sombrero de un policía? ¿Es que llevo algún número en alguna parte de mi cuerpo? ¿Tienen mis zapatos ese aire vigilante que caracteriza a los de los policías? ¿Por qué iba a ser yo un policía? ¿Por qué no habría de ser más bien un cartero?

El viejo profesor sacudía la cabeza con una gravedad desesperante. Syme continuó, con un tono de ironía febril:

—¿Quizás se me escapan algunas sutilezas de su filosofía teutónica? ¿Quizás, en su mente, «policía» es un término totalmente relativo? Desde el punto de vista de la evolución, señor, el mono se transforma en policía de forma tan imperceptible que seguramente no he percibido todos esos delicados matices. El mono es el policía que tal vez sea algún día. La solterona de Clapham Common es tal vez la policía que podría haber sido. No me importa si tengo el aspecto del policía que podría haber sido. No me importa ser nada según la filosofía alemana...

—¿Está usted al servicio de la Policía? —preguntó fríamente el anciano, sin hacer caso a las improvisadas y desesperadas salidas de Syme—. ¿Es usted detective?

El corazón de Syme dejó de latir, pero su rostro no cambió de expresión.

—Esa ocurrencia es ridícula —dijo él—, ¿por qué demonios?...

El anciano golpeó con su mano paralizada la mesa desvencijada, que se tambaleó.

—¡Ha oído mi pregunta, que es muy sencilla, espía embustero! —dijo con voz ronca—: ¿Es usted detective, sí o no?

—¡No! —respondió Syme, con el tono de un hombre a punto de ser ahorcado.

—¿Lo jura? —dijo el anciano apoyándose en la mesa, y su mirada adquirió de repente una intensidad amenazadora—. ¿Lo jura?

Syme guardó silencio.

—¿Lo jura? —repitió el profesor—. Si miente, ¿sabe que será condenado? ¿Sabe que el diablo bailará en su funeral? ¿Sabe que la gran pesadilla ya le espera al borde de su tumba? No hay ningún equívoco, ¿verdad? ¡Es usted un anarquista! ¡Es un dinamitero y no un detective! ¡No pertenece en modo alguno a la Policía británica!

Y se llevó la mano abierta a la oreja, como para no perder ni una palabra de la respuesta que esperaba.

—No pertenezco a la Policía británica —articuló Syme con la calma que da la locura.

El profesor De Worms se dejó caer en su silla con el extraño aire de un hombre que se desmaya amablemente.

—Es una lástima —dijo—, porque yo sí lo soy.

Syme se levantó de un salto, haciendo caer ruidosamente su banco.

—¿Que es usted qué? —murmuró con voz temblorosa—. ¿Que es usted qué?

—Policía —dijo el profesor, sonriendo por primera vez, mientras sus ojos brillaban detrás de las gafas—. Puesto que usted considera que la palabra «policía» sólo tiene un significado relativo, no podemos entendernos. Yo soy de la Policía británica y usted no. Por lo tanto, sólo le digo una cosa: lo he descubierto en un club de dinamiteros y creo que mi deber es arrestarlo.

Y depositó sobre la mesa una réplica exacta de la tarjeta azul que Syme llevaba en el bolsillo de su chaleco.

Por un instante, Syme tuvo la impresión de que el universo se había puesto patas arriba, que los árboles crecían hacia el suelo y que tenía las estrellas bajo sus pies. Luego, poco a poco, volvió a la convicción contraria: durante las últimas veinticuatro horas, el universo se había puesto del revés, y ahora, de repente, recuperaba su equilibrio. ¡Ese demonio del que había huido durante horas era ahora un hermano mayor! Y contemplaba con asombro a ese buen demonio que, a su vez, lo contemplaba riendo.

No hizo ninguna pregunta. No pidió ningún detalle. Se contentó con el hecho innegable y feliz de que esa sombra tan temida se había convertido en benéfica. Y constató con placer que él mismo era un tonto y un hombre libre. En todas las convalecencias se tiene siempre ese sentimiento de sana humillación. En esas crisis, llega un momento en que hay que elegir entre tres cosas: o bien se obstina uno con un orgullo infernal, o bien llora, o bien ríe. El egoísmo de Syme hizo que se detuviera primero en la primera opción y, luego, sin transición, adoptara la tercera. Sacó su tarjeta azul del bolsillo de su chaleco, la tiró también sobre la mesa, luego levantó la cabeza de tal manera que la punta de su barba apuntaba al cielo, y estalló en una risa salvaje.

Incluso en aquella taberna con aquel barullo de cuchillos, platos, jarras y voces ebrias, la risa homérica de Syme resonó con tanta fuerza que varios individuos medio ebrios se volvieron.

—¿De qué se ríe, señor? —preguntó un estibador.

—De mí mismo —respondió Syme, y volvió a abandonarse a su ataque de loca hilaridad.

—Oiga, contrólese —le aconsejó el profesor—, o le dará un ataque de nervios. Pida otra cerveza. Yo haré lo mismo.

—No se ha bebido la leche —observó Syme.

—¡Mi leche! —exclamó el otro con un desprecio infinito—, ¡mi leche! ¿Cree usted que me dignaría siquiera mirar esa droga cuando esos malditos anarquistas no me ven? Aquí estamos entre cristianos, aunque no todos, continuó diciendo mientras examinaba a la multitud de clientes, sean practicantes estrictos. ¡Beber leche! ¡Es lo que faltaba! Espere...

Y dejó caer el vaso, que se rompió ruidosamente derramando el líquido blanco.

Syme lo contemplaba con simpatía.

—¡Ahora lo entiendo! —exclamó—. Naturalmente, usted no es en absoluto un anciano.

—No puedo quitarme mi careta aquí —respondió el profesor—: es un maquillaje bastante complicado. En cuanto a si soy un anciano, no me corresponde a mí juzgarlo. En mi último cumpleaños, cumplí treinta y ocho años.

—Y tampoco está enfermo.

—Sí —respondió el otro con flema—, soy propenso a los resfriados.

Syme volvió a reír. Le divertía pensar que el viejo profesor era, en realidad, un joven actor, maquillado como para salir al escenario. Pero sentía que se habría reído con el mismo entusiasmo si se hubiera volcado un bote de mostaza sobre la mesa.

El falso profesor vació su vaso de cerveza y, pasándose la mano por la barba, preguntó:

—¿Sabía —preguntó— que Gogol era uno de los nuestros?

—¿Yo? No, no lo sabía —respondió Syme con sorpresa—. ¿Pero usted tampoco lo sabía?

—No sabía más al respecto que los muertos del cementerio. Creí que el presidente se refería a mí y temblaba como un flan.

—¡Yo también! ¡Creía que se refería a mí! Todo el tiempo tuve la mano sobre mi revólver.

—Yo igual —dijo el profesor—, y evidentemente Gogol también. Syme dio un puñetazo en la mesa:

—¡Tres! —exclamó—. ¡Éramos tres! ¡Tres contra cuatro, se puede luchar! ¡Si hubiéramos sabido que éramos tres!

El rostro del profesor se ensombreció y bajó la mirada.

—Aunque hubiéramos sido trescientos —dijo—, no habríamos podido hacer nada.

—¿Cómo? —preguntó Syme, sorprendido—. ¿Trescientos contra cuatro?

—No —respondió el profesor—, trescientos hombres no podrían vencer a Domingo.

Al oír ese nombre, Syme volvió a ponerse serio de repente. La risa había muerto en su corazón antes de llegar a sus labios. Los rasgos del inolvidable presidente se presentaron a su imaginación con toda la nitidez de una fotografía en color. Y notó esta diferencia entre Domingo y sus satélites: que sus rostros, por feroces que fueran, se habían desvanecido poco a poco en su memoria, mientras que el de Domingo permanecía presente con la energía inalterable de la realidad. Es más, la ausencia lo hacía parecer aún más enérgico y vívido. Era como un retrato que cobraba vida.

Permanecieron en silencio durante unos instantes. Entonces Syme comenzó a hablar, y fue como la espuma que se escapa de una botella de champán.

—¡Profesor! —exclamó—. ¡Esto es intolerable! ¿Acaso le tiene miedo a ese hombre?

El profesor levantó sus pesados párpados y clavó en Syme la mirada de sus ojos azules, bien abiertos, en los que se leía una franqueza etérea.

—Sí —dijo suavemente—, y usted también.

Al principio, Syme se quedó mudo. Pero, levantándose de repente en toda su estatura, como un hombre insultado, empujó violentamente su silla:

—Tiene razón —comenzó con una voz indescriptible—, le tengo miedo. Por eso juro ante Dios que buscaré a ese hombre y le romperé los morros. Aunque el cielo sea su trono y la tierra su taburete, juro que yo lo bajaré de ellos.

—¿Cómo? —preguntó el profesor—. ¿Y por qué?

—Precisamente porque le tengo miedo. No se debe dejar vivir a un ser al que se teme.

El profesor De Worms miró de reojo a Syme e hizo un esfuerzo por hablar. Pero Syme continuó inmediatamente, en voz baja, pero con un entusiasmo creciente:

—¿Quién se rebajaría a golpear sólo a los seres a los que no teme? ¿Quién querría ser valiente como un luchador de feria? ¿Quién se limitaría a ignorar el miedo, como hace un árbol? Hay que luchar contra aquellos a quienes tememos. ¿Recuerda usted aquella vieja historia de un clérigo inglés que administró la extremaunción a un bandido siciliano? El gran salteador, en su lecho de muerte, le dijo al sacerdote «no tengo dinero que darle, pero aquí tiene un consejo que siempre le será útil: ¡Ponga el pulgar sobre la hoja y golpee de abajo hacia arriba!». El consejo es bueno, y lo mismo le digo yo a usted: ¡golpee hacia arriba si quiere alcanzar las estrellas!

—Domingo es una estrella fija —dijo el profesor, mirando al techo.

—Verá que será una estrella fugaz y caída —concluyó Syme cogiendo su sombrero.

Ante la determinación de aquel gesto, el profesor se levantó.

—¿Tiene usted un plan? —preguntó con benevolencia—. ¿Sabe exactamente adónde va?

—Sí —respondió Syme rápidamente—. ¡Voy a impedir que lancen su bomba en París!

—¿Pero tiene algún plan?

—No —respondió Syme con la misma determinación.

—Recuerde —prosiguió el profesor tirándose de la barba y mirando por la ventana con aire desinteresado—, que poco antes de levantar tan precipitadamente la sesión, Domingo había confiado todos los preparativos del atentado al doctor Bull y al marqués. En este momento, el marqués probablemente esté cruzando el estrecho. Pero, ¿qué hará y adónde irá? Probablemente ni siquiera Domingo lo sabe. Lo que es seguro es que nosotros lo ignoramos. El único hombre que está al corriente del asunto es el doctor Bull.

—¡Ay! ¿Y no sabemos dónde encontrarlo?

—Sí —dijo el otro, con su aire extraño y distraído—; yo sé dónde encontrarlo.

—¿Me lo dirá?

—Le llevaré allí —dijo el profesor mientras descolgaba su sombrero del perchero.

Syme lo miró, paralizado por la excitación.

—¿Qué quiere decir? ¿Me acompañará? ¿Compartirá el riesgo conmigo?

—Joven —respondió el profesor con alegría—, veo que me toma por un cobarde, y eso me divierte. Pero le diré una cosa, algo muy acorde con su retórica filosófica: usted cree que es posible derrocar al presidente; yo sé que es imposible, y voy a intentar hacerlo.

Abrió la puerta de la taberna por la que entró una ráfaga de aire marino, y los dos detectives tomaron una de las calles oscuras que rodean los muelles.

La nieve derretida se había convertido en barro. En algunos lugares, en el crepúsculo, en pequeños montones, formaba manchas grises en lugar de blancas. Sobre los charcos cabrioleaban las luces de las farolas, como claridades procedentes de otro mundo. Syme sintió una especie de aturdimiento al adentrarse en aquella confusión de luces y árboles. Pero su compañero se dirigía, con paso bastante rápido, hacia el final de la calle, donde el río, iluminado por las farolas, parecía un charco de fuego.

—¿Adónde vamos? —preguntó Syme.

—Vamos a doblar la esquina para ver si el doctor Bull ya se ha acostado. Se acuesta temprano. Se toma muy en serio las costumbres de la higiene.

—¿El doctor vive aquí?

—No. Vive bastante lejos, al otro lado del río. Pero desde aquí podremos ver si se ha acostado.

Mientras hablaban, llegaron al lugar que señalaba el profesor. Este, con su bastón, señaló, más allá de la mancha de luz, la orilla opuesta. Era aquella masa de casas altas, salpicadas de ventanas iluminadas, que se veían, desde el lado de Surrey, elevarse, como chimeneas de fábrica, a alturas insensatas. En particular, un edificio parecía una torre de Babel con cien ojos. Syme nunca había visto los *rasca-*

cielos estadounidenses, por lo que, ante ese gigantesco edificio, sólo pensó en las torres con las que había soñado.

Justo en ese momento, la luz más alta de aquella torre de innumerables ojos se apagó bruscamente, como si ese negro Argos hubiera parpadeado con uno de sus párpados.

El profesor De Worms dio media vuelta y golpeó su bota con el bastón:

—Llegamos demasiado tarde; el prudente doctor ya se ha acostado.

—¿Qué quiere decir? —preguntó Syme—. ¿Vive allí?

—Sí, justo detrás de esa ventana que ya no puede ver. Venga, vamos a cenar. Iremos a verlo mañana por la mañana.

Recorrieron varias callejuelas y llegaron a las luces y el ruido de East India Dock Road. El profesor, que parecía conocer bien la zona, se dirigió hacia un lugar donde la línea iluminada de las tiendas se veía repentinamente interrumpida por un bloque de sombra y silencio. Una vieja pensión blanca, en ruinas, ocupaba ese hueco, a veinte pasos de la calle.

—Por todas partes —explicó el profesor De Worms—, hay viejos hoteles ingleses abandonados como fósiles. Una vez descubrí un sitio muy aceptable en el West End.

—Creo —dijo Syme sonriendo—, que este es su equivalente en el East End.

—Ha acertado —respondió cortésmente el profesor al entrar.

Cenaron, luego durmieron, y cumplieron muy concienzudamente con ambas funciones. Unas judías y tocino preparados a la perfección, un excelente borgoña que sorprendía encontrar en unas bodegas como aquellas, terminaron de dar a Syme la cómoda seguridad de que tenía un nuevo amigo. A lo largo de toda esta prueba, su mayor temor había sido quedarse aislado. No hay palabras para expresar la diferencia que hay entre la alianza de dos hombres y el aislamiento de cada uno de ellos. Se puede conceder a los matemáticos que dos más dos son cuatro. Pero dos no es la suma de uno y uno: ¡dos es dos mil veces uno! Por eso la humanidad siempre será fiel a la monogamia, a pesar de todos los inconvenientes que conlleva.

Syme pudo por fin, por primera vez, contarle a alguien su increíble aventura, desde el momento en que Gregory lo había introducido en la pequeña taberna, cerca del río. Hizo este relato con profusión, sin prisas, como un hombre que cuenta una historia a viejos amigos. Por su parte, el profesor De Worms correspondió con su propia historia que era casi tan rocambolesca como la de Syme.

—Su disfraz es excelente —dijo Syme mientras se bebía una copa de Mâcon—. Es mil veces mejor que el del viejo Gogol. Desde el primer momento me pareció que tenía demasiado pelo.

—Él y yo tenemos dos concepciones diferentes del arte —respondió el profesor, pensativo—. Gogol es un idealista. Ha hecho de su propia persona la representación ideal, platónica, del anarquista. Yo soy un realista. Soy un retratista, aunque ese término se queda corto: soy un retrato.

—No lo entiendo.

—Soy un retrato —repitió el profesor—. Soy el retrato del famoso profesor De Worms, que, si no me equivoco, se encuentra ahora mismo en Nápoles.

—¿Quiere decir que se ha maquillado para parecerse a él, de verdad? ¿Pero no sabe él que usted se está burlando de él?

—Lo sabe perfectamente.

—Entonces, ¿por qué no le denuncia?

—Yo mismo lo denuncié.

—¡Explíquese!

—Con mucho gusto, si quiere escuchar mi historia —respondió el eminente filósofo—. Soy actor de profesión y me llamo Wilks. Cuando estaba en los escenarios, frecuentaba a todo tipo de bohemios y pícaros. Tenía amistades entre la chusma de las carreras de caballos, los artistas fracasados y también los refugiados políticos. Un día, en una taberna donde se reunían estos soñadores exiliados, me presentaron a ese gran filósofo nihilista, el alemán De Worms. No observé nada muy particular en él, salvo su aspecto físico, que era repugnante, y que me puse a estudiar con atención. Por lo que pude entender, pretendía demostrar que Dios es el gran principio destructor del universo, de donde deducía la necesidad de una energía furiosa y constante que lo rompiera todo. La energía, decía, la energía lo es todo. Estaba lisiado, era miope y medio paralítico. Cuando lo conocí, me apetecía divertirme y, precisamente porque lo encontraba aberrante, decidí imitarlo. Si hubiera sabido dibujar, habría hecho una caricatura de él.

Pero yo sólo era un actor y no pude evitar convertirme en su caricatura. Así que me maquillé para parecerme a él, exagerando un poco la repugnante decadencia de mi modelo. Una vez hecho esto, me dirigí a un salón donde se reunían los admiradores del profesor. Esperaba ser recibido con carcajadas o con una lluvia de insultos indignados, según el estado de ánimo en que se encontraran aquellos señores. No se imagina usted cuál fue mi sorpresa cuando, al verme, se hizo un silencio de velatorio, seguido, cuando abrí la boca, de un murmullo de admiración. Sufría la maldición del artista perfecto. Había sido demasiado hábil, demasiado auténtico. Me tomaban por el gran apóstol nihilista en persona. Yo era entonces un joven perfectamente cuerdo, y esta circunstancia me causó una profunda impresión. Pero, antes de que me recuperara de mi asombro, dos o tres de mis admiradores se acercaron a mí, temblando de indignación, y me dijeron que me estaban insultando públicamente en la sala contigua. Pregunté de qué naturaleza era aquel insulto y supe que un impertinente se atrevía a parodiarme. Ese día había bebido más champán de lo razonable y, en un arrebato de locura, decidí ir hasta el final. En aquel momento, entró el propio profesor; todas las personas que me rodeaban lo miraron de arriba abajo y yo lo miré con una mirada gélida, con las cejas arqueadas.

No hace falta decir que se produjo un enfrentamiento. Los pesimistas que componían la galería miraban alternativamente a uno y a otro De Worms, preguntándose cuál de los dos era más débil. Yo fui el que ganó. Un anciano de salud precaria, como mi rival, no podía dar tan completamente como un joven actor en la flor de la vida la impresión de ser una agonía andante. Él era realmente paralítico, como ven, mientras que yo sólo lo era para mis espectadores, y lo era mucho mejor y mucho más que él. Entonces quiso vencerme en el terreno filosófico. Me defendí con una artimaña muy sencilla. Cada vez que él decía algo incomprensible para todos menos para él, yo respondía con algo que ni yo mismo entendía.

—No creo —me dijo— que usted hubiera podido deducir ese principio, es decir, que la evolución es necesariamente negativa, porque implica la suposición de lagunas esenciales en toda diferenciación.

A lo que yo respondí con desdén:

—Eso lo ha leído en Prickwerts; en cuanto a la idea de que la invo-
lución funciona *eugenéticamente,* hace tiempo que la expuso Glumpe.

No hace falta decir que Prickwerts y Glumpe nunca existieron.
Pero me sorprendió bastante ver que los testigos parecían recordar
perfectamente a estos autores.

El profesor, viéndose, a pesar de su método erudito y misterioso,
a merced de un adversario sin escrúpulos, intentó desconcertarme con
una broma:

—Veo —dijo— que usted triunfa como el falso cerdo de Esopo.

—Y usted —repliqué—, ha sido derrotado como el erizo de Montaigne». Le confieso que no sé si Montaigne habla de un erizo.

—Ahora está perdiendo los nervios —dijo—, lo mismo podría
decirse de su barba.

No supe qué responder. El ataque era demasiado directo, demasiado certero y bastante ingenioso.

—¡Como las botas del panteísta! —dije al azar, riendo con aire
bonachón, y, girando con dificultad sobre mis talones, me alejé con todos los honores de la victoria—. El verdadero profesor fue expulsado,
sin violencia, sin embargo, salvo por un energúmeno que se esforzó
pacientemente por arrancarle la nariz. Todavía hoy se le considera en
toda Europa un delicioso impostor, al que su aparente seriedad, su ira
fingida, lo hacen aún más divertido.

—Entiendo —dijo Syme—, que una noche se divirtiera disfra-
zándose con su fea y vieja barba. Pero, ¿por qué no se deshizo de ella
después?

—¿Me pregunta por el final de mi historia? —dijo el actor—.
Aquí lo tiene. Al abandonar la compañía, seguido de respetuosos
aplausos, me adentré cojeando en una calle oscura, con la esperanza
de alejarme lo suficiente de mis admiradores para poder caminar como
un hombre. Al doblar la esquina, sentí que me tocaban el hombro y, al
volverme, me encontré a la sombra de un enorme policía. Me dijo que
«me necesitaban». Adopté la postura más heroica que podía adoptar
un paralítico y exclamé, con un fuerte acento germánico:

—En efecto, me necesitan: ¡todos los oprimidos del universo me
reclaman! Mi delito, ¿no es así?, es ser el gran anarquista, el profesor
De Worms.

Impasible, el policía consultó un papel que tenía en la mano:

—No, señor —me dijo cortésmente—, o al menos no es exactamente eso. Le detengo bajo la acusación de no ser el famoso profesor De Worms.

Esta acusación era, sin duda, menos grave que la otra. Seguí al policía. Estaba inquieto, pero no asustado. Me llevaron al despacho de un oficial de policía, quien me explicó que se había iniciado una importante campaña contra los grandes centros anarquistas y que mi acertado disfraz podría ser muy útil para la seguridad pública. Me ofreció un buen sueldo y la tarjeta azul. Nuestra conversación fue muy breve, sin embargo, me convencí de que estaba tratando con un hombre con sentido del humor y con sentido común. Pero no puedo decir mucho sobre su persona, porque...

Syme dejó el tenedor y el cuchillo.

—Lo sé —dijo—, es porque le habló en una habitación oscura.

El profesor De Worms asintió y vació su copa.

CAPÍTULO IX

El hombre de las gafas

—El borgoña es bueno —dijo el profesor con tristeza, dejando su copa sobre la mesa.

—No lo diría, viéndole: lo bebe como si fuera un medicamento.

—Discúlpeme, por favor —dijo el profesor, aún con tristeza—. Mi caso es bastante curioso. Mi corazón está lleno de alegría juvenil, pero he interpretado tan bien y durante tanto tiempo el papel de profesor paralítico que ya no puedo separarme de él. Hasta tal punto que, incluso con mis amigos, sigo disfrazado; hablo en voz baja, muevo las arrugas de esta frente como si fuera la mía. Puedo ser completamente feliz, pero, entiéndame bien, sólo a la manera de un paralítico. Las exclamaciones más alegres que me brotan del corazón se transforman por sí solas al pasar por mis labios. ¡Ah! Si me oyera decir: «¡Vamos, compadre, anímese!», se le llenarían los ojos de lágrimas.

—Y se me saltan, en efecto —dijo Syme—. En el fondo, este papel debe aburrirle un poco.

El profesor dio un pequeño respingo y lo miró fijamente.

—Es usted un muchacho muy inteligente —dijo el actor-profesor—; es un placer trabajar con usted. Sí, tengo una gran nube en la cabeza... ¡Y ese terrible problema que resolver!

Se apretó la frente calva con las manos y luego, en voz baja:

—¿Toca usted el piano?

—Sí —dijo Syme, un poco sorprendido—, incluso dicen que no lo hago mal.

Luego, como el otro ya no hablaba:

—Espero que la gran nube haya pasado —continuó Syme.

Tras un largo silencio, el profesor, desde la cavernosa sombra de sus manos, murmuró:

—Me habría gustado tanto saber que sabe tocar el piano como que sabe escribir a máquina.

—Gracias —dijo Syme—, me halaga.

—Escúcheme —prosiguió el profesor— y recuerde a quién debemos ver mañana. Usted y yo, mañana, intentaremos algo mucho más difícil que robar las joyas de la Corona en la Torre de Londres. Intentaremos arrancarle su secreto a un hombre muy fuerte, muy astuto y muy malvado. Creo que no hay nadie, después del presidente, tan formidable como ese hombrecillo, con su sonrisa y sus gafas. Quizás no tenga el entusiasmo ardiente del secretario ni su loca ansia de martirio. Pero el fanatismo del secretario tiene algo patético, humano; es un rasgo que lo redime. El pequeño doctor goza de una salud robusta, mil veces más repugnante que la locura del secretario. ¿No ha notado su virilidad, su detestable vitalidad? Salta con la elasticidad de una pelota de goma. Créame, Domingo no dormía —¡no sé si alguna vez duerme!— cuando le confió todo el plan del atentado al doctor Bull, con su cabeza redonda y negra.

—¿Y usted cree —dijo Syme—, que ese monstruo sin par se enternecerá cuando le toque el piano?

—¡No sea estúpido! He hablado del piano por la agilidad y la soltura con la que mueve los dedos. Queremos, Syme, tener esa entrevista y salir ilesos. Por lo tanto, debemos acordar entre nosotros algunas señales que ese bruto no pueda entender. He creado un alfabeto numérico rudimentario que corresponde a los cinco dedos; así, ¿lo ve?

Y golpeó la mesa con las yemas de los dedos:

«B A D, malo, una palabra que me temo que necesitaremos a menudo».

Syme se sirvió una copa de vino y se puso a estudiar esta nueva ciencia. Muy versado en resolver rompecabezas, y muy hábil en los juegos de manos, pronto fue capaz de transmitir un mensaje mediante una serie de golpes en la mesa o en la rodilla. Pero el vino y la conversación excitaron en él una tendencia natural a la broma, y el profesor pronto tuvo que luchar contra los excesivos desarrollos que tomaba su invento al pasar por el cerebro sobrecalentado de Syme.

—Necesitamos —dijo Syme—, algunas abreviaturas para las palabras que tendremos que emplear a menudo, para indicar matices delicados...

—Deje de bromear —dijo el profesor—. No sospecha lo serio que es todo esto.

—Mi palabra favorita es «contemporáneo»; ¿cuál es la suya? También necesitamos la palabra «frondoso» —continuó Syme, asintiendo con aire impertinente—. Se aplica al césped, ¿sabe?

El profesor se enfadó.

—¿Cree usted —exclamó— que vamos a hablarle de césped al doctor Bull?

—Hay muchas formas de abordar este tema —continuó Syme, pensativo— y de introducir esa palabra sin que parezca forzada. Podríamos, por ejemplo, decirle al doctor Bull: «Como revolucionario, debe recordar que un tirano nos aconsejó comer hierba y, de hecho, el aspecto frondoso y reluciente de la hierba de los prados...».

—¡Pero, basta! ¿No comprende que estamos metidos en una tragedia?

—Perfectamente —respondió Syme—, siempre hay que tener sentido del humor en una tragedia. ¿Y qué otra cosa podría haber? Me gustaría que este lenguaje tuviera más alcance y recursos. ¿No podríamos usar los dedos de los pies como los de las manos? Bastaría con quitarnos discretamente los zapatos y los calcetines durante la conversación, y entonces...

—Syme —le dijo su nuevo amigo con severa sencillez—, Syme, ¡duérmase!

Sin embargo, Syme se quedó sentado sobre la cama un buen rato practicando aquel código. A la mañana siguiente, el este seguía sumido en la noche cuando se despertó. Su aliado de barba gris estaba de pie junto a su cama. Syme se sentó frotándose los ojos. Poco a poco recuperó el sentido. Apartó la manta y se levantó.

Le pareció que toda la atmósfera de sociabilidad y seguridad que había respirado durante la noche anterior se desvanecía al apartar las mantas; al levantarse, encontró un aire frío y hostil, como el peligro. No dudaba de la lealtad de su compañero, pero la confianza que los unía era la de dos hombres que van a subir al cadalso.

—He soñado con su alfabeto —dijo con una alegría forzada mientras se ponía los pantalones—. ¿Le ha llevado mucho tiempo desarrollarlo?

El profesor no respondió. Sus ojos, del color del mar de invierno, miraban fijamente a la nada.

Syme repitió su pregunta.

—Le pregunto si le llevó mucho tiempo desarrollar todo eso. La invención demuestra una verdadera ingeniosidad. Necesité más de una hora de práctica para empezar a dominarlo. ¿Usted supo expresarse así desde el principio?

El profesor permaneció en silencio. Sonreía sutilmente, débilmente.

—¿Cuánto tiempo le llevó?

El profesor no se movió.

—¡Que Dios le confunda! ¿Se ha quedado mudo? —exclamó Syme con una ira que ocultaba cierta inquietud. No sabía con certeza si el profesor podía responder.

Y Syme se quedó inmóvil ante aquel rostro impasible y arrugado, esos ojos azules e inexpresivos. Su primer pensamiento fue que el profesor se había vuelto loco, pero el segundo fue aún más terrible. ¿Qué sabía, después de todo, de esa extraña criatura cuya amistad había aceptado sin desconfianza? ¿Qué sabía, aparte de que había conocido a ese hombre en el desayuno de los anarquistas y de que le había contado una historia ridícula? ¿No era demasiada casualidad que el Consejo presidido por Domingo contara, además de Gogol, con otro amigo? ¿Significaba el silencio de este individuo una sensacional declaración de guerra? ¿Había que leer en esos ojos sin vida el horrible pensamiento de un agente triple, que acababa de desertar por tercera vez? En medio de ese silencio implacable, Syme aguzó el oído.

Creía oír en el pasillo los pasos furtivos de los dinamiteros que acudían a capturarlo. Pero, por casualidad, bajó la mirada y soltó una gran carcajada. Los cinco dedos del profesor, que permanecía allí mudo como una estatua, repiqueteaban sobre la mesa. Syme observó los rápidos movimientos de esa mano elocuente y leyó sin dificultad este mensaje:

«Sólo quiero hablar así; hay que acostumbrarse».

Con los dedos, respondió con una urgencia que delataba la satisfacción de sentirse repentinamente liberado de una gran inquietud:

«Muy bien, vamos a desayunar».

Cogieron en silencio sus bastones y sombreros. Syme no pudo evitar apretar con fuerza su estoque.

Sólo se detuvieron un momento para tomar unos sándwiches y café en un bar, y luego cruzaron el río, que, bajo la cruda luz de la mañana, era tan desolador como el Aqueronte. Llegaron al gran edificio que habían visto la víspera al otro lado del agua y comenzaron a subir en silencio los innumerables escalones de piedra, deteniéndose sólo de vez en cuando para intercambiar breves comentarios sobre la barandilla de hierro.

Cada dos rellanos, una ventana les permitía ver el penoso amanecer pálido y lúgubre sobre Londres. Los innumerables tejados de pizarra eran como las olas de un mar gris, agitado tras una lluvia abundante. Syme pensaba que este nuevo episodio en el que se estaba embarcando era, de todos los que ya había vivido, el peor. Era frío, razonable y terrible. La víspera, aquel gran edificio le había parecido una torre como las que se ven en los sueños. Ahora le sorprendían aquellos interminables y agotadores escalones, le intimidaba aquella sucesión interminable. No era el horror ardiente del sueño, de la ilusión, de la exageración. Era el infinito abstracto, matemático, algo imposible de pensar y, sin embargo, indispensable para el pensamiento. Recordaba los asombrosos descubrimientos de la astronomía sobre las distancias que separan las estrellas fijas. Syme ascendía al palacio de la Razón, que supera en fealdad a la propia Irracionalidad.

Cuando llegaron a la puerta del doctor Bull, vieron por una última ventana cómo el amanecer se enmarcaba con un grueso borde rojo, más parecido al rojo de la arcilla que al de las nubes. Y cuando entraron en la buhardilla del doctor, ésta estaba inundada de luz.

Syme estaba obsesionado por un recuerdo histórico que asociaba con aquellas habitaciones vacías y aquella aurora austera. Al entrar en la buhardilla y ver al doctor sentado a una mesa escribiendo, ese recuerdo se le hizo más claro. Era una imagen de la Revolución francesa. Entre el borde rojo y la aurora blanca, ¿cómo era posible que no se viera el perfil negro de la guillotina? El doctor Bull sólo llevaba una camisa blanca y unos pantalones negros; esa cabeza morena y rapada, ¿no evocaba la peluca? ¿No acababa de quitársela? Podría haber sido Marat o un Robespierre menos cuidadoso.

Sin embargo, al mirarlo más de cerca, se perdía el deseo de pensar en Francia. Los jacobinos eran idealistas. Este hombre exhalaba un materialismo asesino. Aquí se mostraba bajo una nueva faceta. La fuerte luz blanca de la mañana, que venía toda del mismo lado y proyectaba sombras muy precisas, blanqueaba su rostro acentuando sus aristas. Parecía más pálido y anguloso que el día anterior durante el almuerzo en el balcón. Los cristales negros que cubrían sus ojos creaban la ilusión de ser profundas cavidades abiertas en su cráneo y le daban el aspecto de una calavera. Si alguna vez la muerte se sentó a una mesa para escribir, debió de ser aquel día.

El doctor Bull levantó la vista y recibió a los dos hombres con una sonrisa bastante alegre, y se levantó de su asiento con la rapidez de la que había hablado el profesor. Acercó dos sillas, cogió de un gancho detrás de la puerta un chaleco y una chaqueta de lana gruesa, se abrochó correctamente y se sentó en el lugar donde los dos visitantes lo habían encontrado, al lado de la mesa. Sus movimientos eran tan naturales, tan fluidos, que Syme y el profesor se sintieron incómodos. Con cierta vacilación, el profesor rompió el silencio y comenzó:

—Disculpe que le moleste tan temprano, camarada —dijo, imitando los modales lentos y cautelosos de De Worms—. ¿Lo tiene todo preparado para el asunto de París? —Y añadió muy lentamente—: Según la información que hemos recibido, cualquier retraso sería fatal.

El doctor Bull seguía sonriendo y no decía nada. El profesor continuó, deteniéndose después de cada palabra:

—Por favor, no se ofenda por nuestro proceder. Hay que modificar los planes o, si es demasiado tarde para cambiar nada, ponerse en contacto inmediatamente con el camarada encargado de la acción y protegerlo contra peligros imprevistos. El camarada Syme y yo hemos tenido una experiencia que necesitaría más tiempo para explicársela del que nos queda para disfrutarla. No obstante, estoy dispuesto, aunque los minutos son preciosos, a darle todos los detalles, si cree que es esencial conocerlos para resolver el problema que nos ocupa.

Alargaba las frases, las hacía insoportablemente prolijas, con la esperanza de impacientar al pequeño doctor, de contrariar su sentido práctico y llevarlo a una explosión de ira en la que se revelaría su juego. Pero el pequeño doctor seguía sonriendo, y el monólogo del profesor fue en vano. Syme se impacientaba, y tenía una sensación de desesperación. Media hora antes había soportado con cierto terror el silencio cataléptico del profesor, ¡pero eso no era nada comparado con el silencio sonriente del doctor! Siempre había algo grotesco en las fantasías del profesor que, sencillamente, tranquilizaba. Syme recordaba sus angustias del día anterior, como se recuerda el miedo que se tenía de niño al hombre del saco. Pero ahora estaban a la luz del día, y en aquella habitación había un hombre sano y fuerte, vestido con ropa de mañana, un hombre nada original, salvo por sus feas gafas, un hombre que no mostraba los dientes, que no lanzaba miradas furiosas: ¡un hombre que sonreía y guardaba silencio! Era esa realidad lo que resultaba insoportable. Bajo la creciente luz del día, los matices del cutis del médico y de la tela de su traje adquirían un relieve aterrador, como ocurre con los detalles sin interés en las novelas naturalistas, que cobran una importancia excesiva. Sin embargo, no había nada provocador en su sonrisa, nada impertinente en la postura de su cabeza. Sólo su silencio era cada vez más inquietante.

—Como acabo de decir —prosiguió el profesor haciendo un esfuerzo como el de un hombre que se abre camino en la arena—, la aventura que nos ha sucedido y que nos ha traído hasta usted para informarle sobre el marqués es de tal naturaleza que quizá desee conocer los detalles. Pero, como le sucedió a Syme y no a mí...

Las palabras se sucedían con dificultad, las prolongaba como en un himno, y Syme, que estaba en guardia, vio los largos dedos del profesor golpear apresuradamente el borde de la mesa. Esto es lo que leyó:

«¡Continúe usted! A mí este demonio me ha dejado sin ideas».

Syme se lanzó al ataque con la valentía y la elocuencia que nunca le abandonaban en momentos de peligro.

—En efecto —interrumpió—, la aventura me concierne personalmente. Tuve la ventaja de conversar con un detective que, sin duda por mi sombrero, me tomó por una persona honorable. Con el fin de conservar su estima, lo llevé al Savoy, donde lo emborraché. Entonces se volvió comunicativo y me confió que la Policía confiaba en arrestar al marqués en Francia en menos de dos días. De modo que, si uno de nosotros no se pone inmediatamente a buscar al marqués...

El doctor seguía sonriendo amablemente, y sus ojos, protegidos por las gafas, permanecían impenetrables. El profesor avisó a Syme de que iba a retomar la conversación y, efectivamente, lo hizo con una calma estudiada.

—Syme me informó inmediatamente de la noticia —dijo—, y hemos venido a preguntarle qué debemos hacer al respecto. Me parece urgente, sin lugar a dudas, que...

Mientras tanto, Syme había empezado a mirar fijamente al doctor, tan fijamente como el doctor miraba al profesor; pero Syme no sonreía. Los nervios de los dos compañeros de armas estaban a punto de saltar por los aires. De repente, Syme se inclinó hacia delante y golpeó ligeramente el borde de la mesa. Le dijo a su aliado:

«Tengo una idea».

«Olvídela» —respondió el profesor sin interrumpir su monólogo.

«Una idea extraordinaria» —telegrafió Syme.

«Una tontería extraordinaria, seguro».

«Soy un poeta» —protestó Syme.

«Es usted un hombre muerto» —replicó el otro.

Syme enrojeció de excitación y sus ojos ardían. Como él mismo decía, tenía una idea, una idea que se imponía en su mente con la autoridad de una certeza evidente. Volviendo a teclear, dijo:

«No se imagina lo poética que es mi idea. Tiene toda la deliciosa espontaneidad de la primavera».

Luego estudió la respuesta de su amigo, que decía así:

«¡Al diablo!».

Y el profesor continuó con su monólogo.

«Quizás debería decir más bien —continuó Syme con los dedos— que mi idea tiene la frescura saludable del aire marino que se respira en los bosques frondosos y perlados de rocío».

El profesor no se dignó acusar recibo de esta comunicación.

«O bien —insistió Syme—, tiene la realidad positiva y encantadora del cabello dorado y ondulado de una mujer hermosa».

El profesor seguía hablando.

Syme decidió actuar sin más demora.

Se apoyó en la mesa y, con voz que exigía atención, dijo:

—¡Doctor Bull!

El rostro sonriente del doctor no se movió, pero se habría jurado que, bajo sus gafas oscuras, sus ojos estaban fijos en Syme.

—Doctor Bull —repitió Syme—, cortésmente, pero claramente, ¿me haría usted un gran favor? Sea tan amable de quitarse las gafas.

El profesor se giró en su silla y lanzó a Syme una mirada de reproche y fría ira.

Syme, como un hombre que acaba de apostar su fortuna y su vida, permanecía inclinado hacia delante, con el rostro encendido. El doctor no se movió. Durante unos segundos, reinó un silencio tal que se habría podido oír caer una aguja, sólo interrumpido por la sirena de un lejano barco de vapor en el Támesis.

Entonces, el doctor Bull se levantó lentamente, sin dejar de sonreír, y se quitó las gafas. Syme se puso de pie, retrocediendo un poco, como un profesor de química que acaba de provocar hábilmente una explosión de gases. Sus ojos eran como estrellas y, por un momento, su emoción fue tan fuerte que sólo pudo señalarlo con el dedo sin hablar. El propio profesor, olvidando su supuesta parálisis, también se había levantado. Se apoyaba en el respaldo de su silla y contemplaba al doctor Bull sin saber qué hacer, como si el temible personaje se hubiera transformado de repente en un sapo. Y efectivamente, la transformación del doctor era asombrosa.

Los dos detectives veían sentado frente a ellos a un hombre muy joven, casi un muchacho, de ojos marrones claros, alegre y franco, de rasgos abiertos, vestido de manera vulgar, como un bancario de la City, sin duda un ser muy bueno y bastante común. El doctor seguía sonriendo, pero ahora su sonrisa era la de un niño.

—¡Cuando le decía que soy poeta! —exclamó Syme, extasiado—. ¡Sabía que mi presentimiento era tan infalible como el papa! ¡Todo estaba en los anteojos! ¡Absolutamente todo! E incluso, a pesar de sus malditos anteojos, su salud y su buen aspecto lo convertían en un diablo viviente entre los muertos.

—Ciertamente, hay una diferencia —dijo el profesor sacudiendo la cabeza—. En cuanto a los planes del doctor Bull...

—¡Sus planes! —exclamó Syme, fuera de sí—. ¡Pero mire su rostro, su cuello, sus zapatos! ¡Que Dios lo bendiga! No me dirá, supongo, que se trata de un anarquista.

—¡Syme! —dijo el profesor, temblando de miedo.

—¡Por Dios! —replicó Syme—. Estoy dispuesto a correr el riesgo. Doctor Bull, soy policía, aquí tiene mi tarjeta.

Y azotó la tarjeta azul sobre la mesa.

El profesor hizo un gesto que significaba: «¡Todo está perdido!». Pero por lealtad a su compañero, sacó su tarjeta del bolsillo y la dejó tranquilamente junto a la de Syme.

Entonces, el doctor se echó a reír y, por primera vez, los dos amigos oyeron su voz.

—Estoy muy contento de que hayan venido tan temprano —dijo con la despreocupación de un colegial—. Así podremos partir juntos hacia Francia. Sí, efectivamente, soy policía. Y, sin darle importancia, como si se tratara de una mera formalidad, mostró su tarjeta a sus visitantes. Luego se puso un sombrero de copa y, recuperando sus diabólicas gafas, se dirigió tan rápidamente hacia la puerta que los otros dos lo siguieron sin pensarlo dos veces. Pero Syme parecía distraído al salir de la habitación y golpeó ruidosamente con su bastón las piedras del pasillo.

—¡Dios todopoderoso! —exclamó—. ¡Entonces había más malditos detectives que malditos anarquistas en ese maldito Consejo!

—Sí, cuatro contra tres —dijo Bull—. Podríamos haber luchado. El profesor bajaba delante de ellos. Su voz les llegó desde abajo:

—No, no teníamos la suerte de ser cuatro contra tres, éramos cuatro contra uno.

Bajaron en silencio. Con la cortesía que le caracterizaba, Bull había dejado pasar primero a sus compañeros por la escalera. Pero, en la calle, su impaciencia juvenil pudo más y se adelantó dirigiéndose a una oficina de información ferroviaria. Mientras caminaba, les decía mirando hacia atrás:

—¡Qué placer encontrarse con amigos! Me moría de miedo, por saberme solo. Ayer estuve a punto de abrazar a Gogol, lo cual habría sido una imprudencia, lo reconozco. ¡Espero que no me desprecien por confesarles mi pánico!

—Todos aquellos malditos demonios me hicieron sentir pánico —reconoció Syme—, pero de todos ellos el que más terror me causaba era usted, con sus gafas infernales.

—Sí que funcionan, ¿no? —observó Bull con satisfacción—. ¡Y sin embargo es tan sencillo! La idea no es mía, nunca se me habría ocurrido a mi. Déjenme que se lo cuente: Tenía la intención de entrar en el servicio antianarquista, pero debía disfrazarme de dinamitero, y todos los jefes juraban por todos los santos que nunca lo conseguiría. Decían que mi aspecto, mi actitud, mis gestos, todo en mí delataba mi respetabilidad, que, visto de espaldas, parecía la Constitución inglesa, que si tenía un aspecto demasiado saludable, demasiado optimista, que si inspiraba confianza y respiraba benevolencia. En fin, en Scotland Yard no se despacharon a gusto con los insultos. Llegaron incluso a afirmar que, si hubiera sido un delincuente, podría haber hecho fortuna con mi aspecto de hombre honrado, pero que, como tenía la desgracia de ser un hombre honrado, no podía prestarles ningún servicio fingiendo ser un delincuente. No obstante, me presentaron al jefe, un hombre que debía de tener una cabeza muy sólida sobre los hombros. Ante él, los demás hicieron diversas propuestas. Uno quería ocultar mi sonrisa jovial bajo una barba tupida. Otro pensaba en ennegrecerme la cara para disfrazarme de anarquista negro. Pero el anciano los hizo callar: «Unas gafas de sol bastarán», dijo. «Mírenlo ahora, parece un angelical oficinista, póngale unas gafas negras y los niños gritarán de terror al verlo». ¡Y por san Jorge que estaba en lo cierto! Una vez ocultos mis ojos, todo lo demás, mi sonrisa, mis anchos hombros, mi pelo corto, todo contribuyó a darme el aspecto de un auténtico demonio del averno. Fue tan sencillo que parece un milagro. Pero hubo algo aún más milagroso, algo realmente asombroso. Me da vértigo sólo de pensarlo.

—¿Qué es? —preguntó Syme.

—Pues que el gran jefe que me evaluó tan rápidamente, que me aconsejó que llevara mis preciosas gafas, pues bien, ese hombre, nunca me vio. ¡Dios santo!

—¿Cómo? —exclamó Syme, mirándolo como un rayo—. ¡Ha dicho que habló con él!

—Y es cierto. Pero hablamos en una habitación oscura como un sótano. ¿Se lo puede imaginar?

—Nunca lo habría pensado —respondió Syme con gravedad.

—Es algo nuevo, en efecto —dijo el profesor.

Su nuevo aliado era, para los asuntos prácticos, rápido como un rayo. En la oficina de información, se informó, con la diligencia de un hombre de negocios, de los horarios de los trenes a Dover. Tan pronto como obtuvo la información, puso a sus amigos en un coche y los tres estaban en su compartimento, incluso habían subido al barco de Calais, antes de tener tiempo de reanudar la conversación.

—Ya había tomado mis precauciones para estar en Francia a la hora del almuerzo —explicó el doctor—. Pero me encanta tener compañía. Tuve que poner al marqués en camino con su bombín, porque el presidente me vigilaba, ¡y de qué manera! Algún día se lo contaré. Era muy frustrante, pues, cada vez que intentaba huir, me encontraba con Domingo. A veces veía su rostro en la ventana de un club, otras veces me saludaba desde lo alto de un autobús. Digan lo que quieran, pero ese hombre debe de haber hecho un pacto con el diablo, ¡está en seis sitios diferentes a la vez!

—Si le he entendido bien —dijo el profesor—, el marqués nos lleva ventaja. ¿Hace mucho que se marchó? ¿Tenemos alguna posibilidad de alcanzarlo?

—Sí. Me he encargado de ello. Aún no habrá salido de Calais cuando lleguemos allí.

—Pero, ¿qué podremos hacer en Calais?

Ante esta pregunta, por primera vez, el doctor Bull se quedó desconcertado. Reflexionó y luego dijo:

—Me parece —dijo— que, *en teoría,* deberíamos informar a la Policía.

—Yo no —protestó Syme—. *Teóricamente,* yo debería ahorcarme antes de hacer eso. Resulta que le he jurado a un pobre diablo, a un auténtico pesimista moderno, que no diré nada a la Policía. Quizá no domine la casuística, pero me resulta imposible traicionar el compromiso que he adquirido con un pesimista. Sería tan repugnante como faltar a la palabra dada a un niño.

—Yo estoy en las mismas —dijo el profesor—. Pensé en avisar a la Policía, pero no pude hacerlo debido a un juramento que hice tontamente. Cuando era actor, llevaba una vida de vagabundo de manera que la traición, el perjurio, es el único delito que no he cometido. Si me dejara llevar por ello, me resultaría imposible distinguir entre el bien y el mal.

—Yo también he pasado por eso —dijo el doctor Bull—, y mi decisión está tomada. Le hice una promesa al secretario... ya saben, el hombre de la mueca. Ese hombre, amigos míos, es el más desgraciado de los mortales. No sé si le viene de las entrañas o de la conciencia, de los nervios o de la filosofía, pero es un condenado, vive en el infierno. ¡Pues bien! No puedo volverme contra ese hombre y echarlo, sería como azotar a un leproso. Quizá esté loco, pero ésa es mi locura, y es lo que hay.

—No creo que esté usted loco —aseguró Syme—. Sabía que se decidiría por eso cuando...

—¿Cuando qué? —preguntó Bull.

—Cuando se quitó las gafas.

El doctor sonrió y atravesó la cubierta para contemplar el mar soleado. Luego regresó junto a sus compañeros de viaje, taconeando con indiferencia al caminar, y entre los tres se instaló un silencio amistoso.

—Bueno —dijo Syme—, me parece que los tres tenemos el mismo tipo de moralidad o inmoralidad. Así que sólo tenemos que considerar el resultado práctico de esta coincidencia.

—Sí —dijo el profesor—, tiene razón. Por lo demás, los acontecimientos se precipitarán, porque ya veo desde aquí el cabo Gris-Nez.

Syme continuó:

—El resultado es que los tres estamos aislados en este planeta. Gogol está Dios sabe dónde, si es que el presidente no lo ha aplastado como a una mosca. En el Consejo, somos tres contra tres, como los romanos que custodiaban el puente. Pero nuestra situación es excepcionalmente peligrosa, en primer lugar, porque nuestros adversarios pueden recurrir a su organización, mientras que nosotros no podemos reclamar la nuestra, y en segundo lugar porque...

—Porque uno de los tres con los que nos enfrentamos —interrumpió el profesor— no es un hombre.

Syme asintió con la cabeza y, tras un silencio de uno o dos segundos, dijo:

—Propongo lo siguiente: Hagamos todo lo posible para retener al marqués en Calais hasta mañana al mediodía. He barajado una veintena de planes en mi cabeza. Queda claro que no podemos denunciarlo como dinamitero. Tampoco podemos acusarlo de ningún delito menor, porque tendríamos que comparecer ante la justicia y, además, él nos conoce y nos delataría. En cuanto a inmovilizarlo con el pretexto de nuevas conspiraciones anarquistas, sin duda se tragaría muchas cosas de ese tipo, pero ¿aceptaría quedarse en Calais mientras el zar se dirige a París, en total seguridad? Secuestrarlo, encerrarlo, mantenerlo bajo vigilancia: lo he pensado. Pero es muy conocido en Calais. Tiene muchísimos amigos y es muy fuerte y muy valiente. El resultado sería, para nosotros, muy dudoso. Hay que aprovechar precisamente las ventajas del marqués, es la única forma que se me ocurre. Pienso servirme de su reputación de aristócrata y del hecho de que tiene muchos amigos y frecuenta la mejor sociedad.

—¿Qué diablos nos está contando? —preguntó el profesor.

—La familia Syme se remonta al siglo XIV —dijo Syme—. Incluso según la tradición un Syme cabalgó junto a Bruce a Bannockburn. Desde 1350, nuestro árbol genealógico está muy bien establecido.

—Está delirando —murmuró el pequeño doctor, asombrado.

—Nuestro escudo de armas —continuó Syme, muy tranquilo—, es *plata con un chevrón de gules, cargado con tres cruces.* El lema varía según las ramas.

El profesor agarró bruscamente a Syme por la pechera.

—Escuche —dijo—, ya hemos llegado al puerto. ¿Es que se marea o está haciendo bromas fuera de lugar?

—La información que le proporciono —respondió Syme sin dejarse desconcertar— tiene un interés tan práctico que resulta casi doloroso. La casa de Saint-Eustache también es muy antigua. El marqués es un caballero, no lo niego. Por su parte, él tampoco podría negar que yo lo soy. Para dejar clara mi posición social, en cuanto pueda, le arrancaré el sombrero... Pero tiene razón, estamos en el puerto.

Desembarcaron, como deslumbrados por la fuerza del sol, y Syme se encargó de dirigir al grupo, como Bull había hecho en Londres. Llevo a sus amigos por el bulevar que bordea el mar hasta unos cafés rodeados de vegetación y con vistas a la costa. Caminaba delante de ellos con paso ágil, contoneándose un poco y haciendo girar su bastón.

Al principio parecía haber puesto sus ojos en la última cafetería, pero de repente se detuvo. Con un gesto imperioso de su mano enguantada, pidió silencio a sus dos compañeros y luego les señaló la terraza de una cafetería medio oculta por el espeso follaje y, en esa terraza, una mesa en la que estaba sentado el marqués de Saint-Eustache. Sus dientes brillaban entre su abundante barba negra. Protegido por un ligero sombrero de paja, su rostro enérgico, de tez bronceada, se difuminaba sobre el fondo violeta del mar.

CAPÍTULO X

El duelo

Syme se sentó a una mesa de la terraza con sus compañeros. Sus ojos brillaban como las olas a la luz de la mañana. Pidió una botella de vino de Saumur. Su voz y sus gestos denotaban impaciencia y aún más alegría. Estaba de muy buen humor y su excitación aumentaba cada vez más a medida que el vino bajaba en la botella. Al cabo de unos minutos, sólo abría la boca para soltar torrentes de tonterías. Pretendía trazar el guión de la conversación que iba a mantener con el terrible marqués. Preparó un esbozo de guion a lápiz. Era como un catecismo, con preguntas y respuestas, y lo recitaba a una velocidad extraordinaria.

—Me acercaré a él. Me quitaré mi propio sombrero antes de quitarle el suyo. Luego diré: «El marqués de Saint-Eustache, ¿verdad?». Él dirá: «El famoso señor Syme, supongo». Y, en un francés excelente: «¿Cómo está?». A lo que yo responderé en excelente cockney, «pues, ya ve, el mismo Syme de siempre...».

—¡Basta! —interrumpió Bull—. ¡Sea razonable y rompa ese papel! En serio, ¿qué va a hacer?

—¿No le parece encantador este ejercicio? —preguntó Syme con tono patético—. Déjeme leerle mi catecismo. Sólo hay cuarenta y tres preguntas y respuestas, y le aseguro que varias de las réplicas del marqués son muy ingeniosas. Hay que ser justo con los enemigos.

—¿Para qué sirve todo esto? —preguntó el doctor Bull, exasperado.

—¡Para preparar mi desafío! —respondió Syme, radiante—. Cuando el marqués haya dado la respuesta número treinta y nueve, que es la siguiente...

—Quizás no ha previsto —observó el profesor muy seriamente—, que el marqués podría no dar las cuarenta y tres respuestas que usted le atribuye y que, en ese caso, algunos de sus epigramas ya no serían tan graciosos.

Syme dio un golpe en la mesa, radiante.

—¡Dios mío! —exclamó—, ¡qué verdad tan elemental! ¡Y pensar que no se me había ocurrido ni por un momento! Señor, usted tiene una inteligencia muy superior a la media, le hará célebre.

—¡Oh! —dijo el doctor—, ¡está usted borracho como una cuba!

—Sólo queda —prosiguió tranquilamente Syme—, buscar otra forma de romper el hielo, por así decirlo, entre el hombre al que quiero matar y yo. Y, dado que me es imposible, como usted ha observado con tanta perspicacia, prever el giro que tomará la conversación, no me queda más remedio, según creo, que encargarme yo mismo de ello, yo solo. Por san Jorge, eso es lo que voy a hacer.

Se levantó bruscamente. Su cabello rubio flotaba en la fría brisa marina. En un café cantante, escondido en algún lugar no muy lejos, entre los árboles, sonaba música, una mujer acababa de cantar. Los metales le causaron inmediatamente la misma impresión que le había producido el día anterior el organillo de Leicester Square, cuando decidió desafiar a la muerte.

Echó un vistazo a la mesita ante la que estaba sentado el marqués, que tenía ahora dos compañeros, dos franceses solemnes, vestidos con levitas y sombreros de seda. Uno de ellos llevaba la roseta de la Legión de Honor. Evidentemente, se trataba de personas que ocupaban una posición social importante. Junto a estos personajes correctos, con sus trajes cilíndricos, el marqués, con su sombrero de paja y sus ligeras ropas de primavera, parecía bohemio e incluso bárbaro; sin embargo, se percibía en él al aristócrata que era. Es más, al considerar la extrema elegancia física del personaje, sus ojos cargados de desprecio, su cabeza orgullosamente erguida, que se destacaba sobre el fondo púrpura del mar, casi se diría que era un rey. ¡Pero no un rey cristiano! Era más bien uno de esos tiranos formidables, mitad griegos, mitad asiáticos, que contemplaban, en los días en que la esclavitud se consideraba una institución natural, el Mediterráneo cubierto de sus galeras, en las que remaban esclavos temblando. Así, pensaba Syme, debían perfilarse sus rasgos bronceados sobre el verde oscuro de los olivos y el ardiente azul del mar.

—¿Va usted a dirigirse a ese grupo? —preguntó el profesor, en tono burlón, al ver a Syme de pie e inmóvil.

Syme bebió una última copa de vino espumoso.

—Sí —dijo señalando al marqués y a sus dos compañeros—, voy a dar un discurso a los caballeros de ese grupo. Ese grupo no me gusta: ¡voy a sacar a ese narigón color caoba de esa reunión!

Dicho esto, se dirigió hacia la mesa con paso rápido, aunque no muy seguro. Al verlo, el marqués, sorprendido, levantó sus negras cejas asirias, pero enseguida esbozó una sonrisa amable.

—Usted es el señor Syme, si no me equivoco —dijo—.

Syme se inclinó.

—Y usted es el marqués de Saint-Eustache —dijo con mucha gracia—: Permítame que le tire de la nariz.

Ya se inclinaba para ejecutar lo que acababa de plantear, cuando el marqués retrocedió de un salto, volcando su silla, y sus dos amigos, con sombreros de copa, agarraron a Syme por los hombros.

—¡Este hombre me ha insultado! —gritó Syme con los gestos de alguien que quiere explicarse.

—¿Insultado? ¿A usted? —dijo el caballero condecorado—. ¿Cuándo?

—¡Ahora mismo! ¡Ha insultado a mi madre!

—¡Insultado a su madre! —repitió el señor, incrédulo.

—No —dijo— no a mi madre, a mi tía. Pero da igual.

—Pero, ¿cómo podría el marqués haber insultado a su tía? —preguntó el segundo señor muy asombrado con razón—. No se ha separado de nosotros.

—¡Pero... con sus palabras! —respondió Syme en tono trágico.

—No he dicho nada, aseguró el marqués, salvo alguna cosa sobre la orquesta. Creo haber comentado que la música de Wagner no soporta una ejecución imperfecta.

—Era una alusión directa a mi familia —dijo Syme con firmeza—. Mi tía tocaba muy mal la música de Wagner. Ése es un tema de conversación que siempre ha sido muy doloroso para los míos. A menudo nos han faltado al respeto por ello.

—Me parece muy extraño —dijo el caballero condecorado, mirando al marqués con aire interrogativo.

—Sin embargo, está muy claro —replicó Syme con extrema gravedad—. Toda su conversación estaba llena de desagradables alusiones a las debilidades de mi tía.

—¡Eso no tiene sentido! —dijo el segundo compañero del marqués—. Por mi parte, no dije ni una palabra, salvo para decir que la voz de aquella chica de cabello negro no me desagradaba.

—¡Pues bien! —exclamó Syme—. ¡Ya estamos! Mi tía era pelirroja.

—Empiezo a creer —dijo el otro— que simplemente está buscando bronca con el marqués.

—¡Por san Jorge! —exclamó Syme volviéndose hacia él—. ¡Es usted muy astuto!

El marqués se irguió. Sus ojos ardían como los de un tigre.

—¡Está buscando pelea conmigo! —exclamó—. Quiere batirse en duelo conmigo. ¡Por Dios! ¡A mí si me busca, me encuentra! Sin duda, estos caballeros tendrán la amabilidad de representarme en este asunto. Quedan cuatro horas para que se ponga el sol. ¡Batámonos esta noche!

Syme se inclinó con mucha cortesía.

—Marqués —dijo—, su gesto es digno de su reputación y de su linaje. Permítame consultar a los amigos a quienes voy a confiar mi honor.

Con tres grandes zancadas, se reunió con el doctor y el profesor. Éstos, que habían presenciado su agresión inspirada por el champán y habían escuchado sus extravagantes explicaciones, lo recibieron epatados. De hecho, estaba completamente sobrio, sólo un poco pálido, y hablaba en voz baja, con pasión y sin decir una palabra de más:

—Ya está hecho —les dijo con voz ronca—. He provocado a la Bestia. Escuchen. Escúchenme bien. No hay tiempo que perder en discusiones. Son ustedes mis padrinos y les corresponde a ustedes tomar todas las iniciativas. Insistan, insistan sin cesar, para que el duelo tenga lugar mañana por la mañana, después de las siete. Así, el marqués no podrá tomar el tren de las siete y cuarenta y cinco a París. Perder el tren, para él, es perder su crimen. No podrá negarse a ponerse de acuerdo con ustedes en el pequeño detalle de la hora y el lugar. Pero lo que va a hacer es elegir un prado, en algún lugar, cerca de una estación de tren, donde pueda coger el tren tan pronto como termine el duelo.

Es buen espadachín, tendrá la esperanza de matarme lo suficientemente rápido como para poder subir a tiempo a su tren. Pero yo tampoco soy manco con la espada y creo que podré entretenerlo bastante tiempo, suficiente al menos para que pierda su tren, tal vez luego intente matarme como consuelo. ¿Me entienden? ¿Sí? Entonces, permítanme que les presente a unos buenos amigos.

Y rápidamente los puso en contacto con los padrinos del marqués. En esta ocasión, Wilks y Bull acordaron llamarse por nombres muy aristocráticos que nunca habían oído.

Syme era propenso a singulares ataques de sensatez, que parecían contrarios a los rasgos habituales de su carácter. Como había dicho sobre la corazonada sobre las gafas del doctor Bull, se trataba de intuiciones poéticas que, en ocasiones, llegaban hasta la exaltación profética. En este caso, había calculado bien la táctica de su adversario. Cuando sus padrinos le informaron de que Syme tenía intención de luchar al día siguiente, el marqués se dio cuenta fácilmente del retraso que le causaría esta coyuntura imprevista. ¿Le sería posible lanzar su bomba en París a tiempo? Por supuesto, no podía compartir esta preocupación con sus amigos. Así que tomó la decisión que Syme había previsto. Eligió un terreno muy cerca de la línea del ferrocarril y se prometió a sí mismo que el primer enfrentamiento sería fatal para Syme.

Llegó al campo de honor sin prisas, frío y tranquilo. Nadie habría podido sospechar que pensaba coger el tren. Llevaba las manos en los bolsillos, el sombrero de paja levantado sobre la frente y sus nobles rasgos bronceados por el sol. Sin embargo, además de sus dos padrinos, uno de los cuales llevaba un par de espadas, le acompañaban dos sirvientes cargados con un baúl y una caja que contenía, a juzgar por su aspecto, el almuerzo de un viajero. La mañana era cálida. Syme contemplaba con admiración las flores primaverales y las flores doradas y plateadas que salpicaban la hierba alta, en la que se hundían casi hasta las rodillas.

A excepción del marqués, todos los caballeros estaban extrañamente solemnes, con sus trajes oscuros y sus sombreros parecidos a chimeneas. El pequeño doctor, sobre todo, con sus gafas negras, parecía un empresario de pompas fúnebres de obra de teatro. A Syme le pareció divertido el contraste que observaba entre el lúgubre atuendo de los hombres y la exuberante alegría de la pradera salpicada de flores. Pero ese contraste que le divertía entre las flores doradas y los sombreros negros no era más que la representación simbólica del contraste trágico entre esas dulces flores doradas y los negros designios de aquellos hombres.

A la derecha de Syme había un pequeño bosque; a su izquierda, la larga curva del ferrocarril, que él defendía, por así decirlo, contra el marqués, ya que por allí debía escapar. Enfrente, más allá del grupo de sus adversarios, veía un pequeño almendro en flor que se destacaba en una silueta colorida y difusa sobre la línea del mar.

El oficial de la Legión de Honor, que se llamaba coronel Ducroix, se acercó al profesor de Worms y al doctor Bull saludándolos con mucha cortesía y propuso que el duelo fuera a primera sangre. Pero el doctor Bull, que había recibido instrucciones muy precisas de Syme al respecto, insistió con mucha dignidad, y en un francés muy precario, en que el duelo continuara hasta que uno de los dos adversarios quedara fuera de combate. Lo importante era que aquello se alargara. Syme se prometía dos cosas: evitaría dejar fuera de combate al marqués e impediría que el marqués lo dejara fuera de combate durante al menos veinte minutos: entonces, el tren de París habría pasado.

—Para un hombre del reconocido valor del marqués de Saint-Eustache, el método y el resultado del combate deben ser muy indiferentes —dijo el profesor solemnemente—. Nuestro cliente tiene buenas y sólidas razones para exigir un encuentro serio, un encuentro de larga duración, razones cuya naturaleza extremadamente delicada no me permite ser más explícito, pero razones honorables, tan justas, que yo...

—¡Maldición! —exclamó el marqués, cuyo rostro se había ensombrecido de repente—. ¡Basta de palabras y comencemos!

Y con un golpe de su bastón cortó de cuajo una flor que sobresalía sobre la hierba.

Syme, ante esta muestra de impaciencia cuyo motivo conocía, se preguntó si el tren ya estaría a la vista. Se dio la vuelta. Pero no había humo en el horizonte.

El coronel se arrodilló para abrir la caja, de donde sacó dos espadas iguales, cuyas hojas resplandecían bajo la luz como dos rayos de fuego. Le ofreció una al marqués de Saint-Eustache, que la tomó sin mayor ceremonia. Syme estudió la suya, la dobló y la estudió tanto tiempo como lo permitían las convenciones. Luego, el coronel tomó un segundo par de espadas, le dio una al doctor Bull, se quedó con la otra y colocó a los duelistas uno frente al otro.

Syme y el marqués se habían quitado la levita y el chaleco. Los padrinos se mantenían junto a sus apadrinados, con sus espadas también desenvainadas, pero conservaban sus ropas oscuras.

Los adversarios intercambiaron el saludo de armas y, a continuación, el coronel dijo:

—¡Adelante!

Y las dos espadas se tocaron con un tintineo.

Al entrar en contacto con el hierro, Syme sintió que todos los terrores que lo habían asaltado durante los días anteriores se desvanecían, como un hombre que se despierta en su cama y olvida sus sueños. Los recordaba ordenadamente y claridad, como ilusiones causadas por un malestar nervioso. El miedo que le había inspirado el profesor había sido el de los acontecimientos tiránicos que se suceden en una pesadilla. En cuanto al que había sentido ante el doctor, le había venido del horror insuperable que debe causar a todo hombre el vacío falto de aire de la ciencia. En el primer caso, era el antiguo miedo del hombre que creía en la posibilidad constante del milagro; en el segundo, era el miedo, aún más grave, del hombre moderno, que no cree en la posibilidad de ningún milagro. Pero ahora se daba cuenta de la igual inanidad de esos dos miedos, ahora que se veía acosado por otro miedo, implacablemente real, fruto del más elemental sentido común: el miedo a la muerte. Era como un hombre que ha soñado toda la noche con abismos y caídas, y que al despertar se entera de que va a ser ahorcado. Porque, en cuanto vio la luz brillar en la espada del marqués, en cuanto sintió el roce de esa espada contra la suya, supo que se enfrentaba a un terrible espadachín y que, con toda probabilidad, había llegado su última hora.

De inmediato, toda la tierra que le rodeaba, la hierba a sus pies, adquirió un extraño valor a sus ojos. ¡Con qué intenso amor por la vida vibraban todas las cosas! Le parecía oír cómo crecía la hierba, ver cómo florecían en la pradera nuevas flores, flores rojas, flores doradas, flores azules, todo el abanico de colores de la primavera. Y cada vez que su mirada se apartaba de los ojos tranquilos y fijos, los ojos hipnotizantes del marqués, Syme veía desvanecerse en el horizonte el pequeño arbusto blanco del almendro. Tenía la sensación de que, si por algún milagro escapaba de la muerte, estaría dispuesto a quedarse, en adelante, para siempre, sentado frente a aquel almendro, sin desear nada más en el mundo.

Pero, al tiempo que descubría en el espectáculo de la vida esa conmovedora belleza con la que se adornan las cosas que vamos a perder, su razón conservaba una nitidez, una claridad cristalina, y paraba los golpes de su enemigo con una precisión mecánica de la que nunca se habría creído capaz. En un momento dado, la punta de la espada del marqués rozó la muñeca de Syme, dejándole una ligera marca de sangre. La cosa pasó desapercibida o se consideró insignificante. De vez en cuando, él contraatacaba y, una o dos veces, creyó sentir que su punta se clavaba. Sin embargo, no había sangre en su espada, ni en la camisa del marqués. Syme pensó que se había equivocado.

Hubo un descanso y, al reanudarse, el combate tomó de repente un nuevo rumbo. Dejando de mirar fijamente al frente, como había hecho hasta entonces, a riesgo de perderlo todo, el marqués giró la cabeza hacia un lado, hacia la línea del ferrocarril, y luego volvió a Syme y, transformado en un demonio, comenzó a luchar con tal ardor que parecía tener veinte espadas en la mano. Sus ataques se sucedían tan rápidos y furiosos que su espada parecía un haz de flechas brillantes.

A Syme le resultaba imposible mirar hacia la vía férrea, pero tampoco lo necesitaba: la repentina locura combativa del marqués era un signo inequívoco de que el tren de París estaba llegando. La energía febril del marqués resultó ser contraproducente. En dos ocasiones, al defenderse, Syme rechazó el arma de su adversario desarmando su guardia, y reaccionó con tal rapidez que esta vez no había ninguna duda posible. La hoja de Syme se había doblado al clavarse. Estaba tan seguro de haber atravesado a su adversario como un jardinero puede estar seguro de haber clavado su azada en la tierra. Sin embargo, el marqués retrocedió bajo el impacto, sin tambalearse, y Syme miró, como un idiota, la punta de su espada: ni la más mínima huella de sangre.

Hubo un momento de silencio tenso y, a continuación, Syme se abalanzó furiosamente sobre su enemigo, mezclando su ira con una curiosidad exasperada. El marqués era mejor espadachín que Syme, pero, distraído en ese momento, corría el riesgo de perder su ventaja.

Luchaba de manera desordenada, azarosa e incluso débil. No dejaba de mirar hacia la vía, evidentemente más preocupado por el tren que por el acero de su adversario. Syme, por el contrario, luchaba ferozmente, pero con método y con arrojo intelectual, pues quería saber por qué su espada permanecía sin sangre, por lo que apuntaba menos al pecho que a la cara y la garganta.

Un minuto y medio después, la espada de Syme penetró en el cuello del marqués, debajo de la mandíbula. Salió completamente limpia. Desesperado, Syme lanzó un nuevo ataque y, esta vez, su espada debería haber destrozado el rostro de su adversario, sin embargo, no le hizo ni un rasguño.

Por un momento, el cielo de Syme se llenó de nuevo de oscuros terrores sobrenaturales: el marqués estaba hechizado. Este nuevo miedo espiritual era algo más espeluznante que ese mundo al revés en el que el paralítico le había perseguido. El profesor no era más que un duende. Este hombre era un demonio, ¡quizás *el mismísimo Diablo!* En cualquier caso, lo cierto era que, por tres veces, una espada lo había alcanzado y no lo había herido. Cuando se formuló este pensamiento, Syme se enderezó. Todo lo bueno que había en él se regocijó en las alturas, como el viento que canta en las copas de los árboles. Pensaba en todo lo humano de su aventura, en las farolillos de Saffron Park, en el cabello pelirrojo de la joven del jardín, en los honrados marineros que bebían cerveza cerca de los muelles, en los leales compañeros que en ese mismo momento estaban a su lado. Quizás había sido elegido, como defensor de esos seres y esas cosas sencillas y verdaderas, para cruzar la espada con el enemigo de la creación. «Después de todo —se decía—, soy más que el Diablo: soy un hombre. Puedo hacer algo que ni siquiera Satanás puede hacer: puedo morir».

Estaba articulando mentalmente esa palabra cuando oyó un silbido débil y lejano que, en unos segundos, sería seguido por el estruendo del tren de París. Volvió a cargar contra su oponente con determinación y destreza, como un musulmán que aspira a ganar el paraíso. A medida que el tren se acercaba, Syme imaginaba a la gente de París engalanando las calles. Él participaba de la gloria de la gran República, cuyas puertas defendía contra el demonio. Y sus pensamientos se elevaban cada vez más, a medida que el ruido de la máquina se hacía más claro y potente. El ruido cesó en un silbido supremo, prolongado y estridente como un grito de orgullo cuando el tren se detuvo.

De repente, para gran sorpresa de todos, el marqués retrocedió fuera del alcance de la espada de su adversario y arrojó la suya al suelo. Su gesto fue quizás más impresionante porque Syme acababa de clavarle la espada en la pantorrilla.

—¡Alto! —dijo el marqués con autoridad irresistible—. Tengo algo que decir.

—¿Qué es? —preguntó el coronel Ducroix, estupefacto—. ¿Ha habido alguna irregularidad?

—En efecto —intervino el doctor Bull, que estaba ligeramente pálido—. Nuestro cliente ha alcanzado al marqués al menos cuatro veces, y éste no parece haber sufrido ningún daño.

El marqués levantó la mano; su gesto era a la vez imperioso y suplicante.

—¡Déjenme hablar! ¡Por favor! Lo que tengo que decir es importante. Señor Syme —continuó, volviéndose hacia su adversario—, si no me equivoco, estamos luchando en este momento porque usted ha expresado el deseo, en mi opinión poco razonable, de tirarme de la nariz. ¿Sería tan amable de tirarme de ella ahora mismo, lo más rápido posible? Tengo que coger ese tren.

—¡Eso es totalmente irregular! —protestó el doctor Bull con indignación.

—Debo confesar —dijo el coronel Ducroix, lanzando una mirada severa a su apadrinado— que no conozco ningún precedente de tal procedimiento. Sé bien que el capitán Bellegarde y el barón Zumpt, a petición de uno de los combatientes, intercambiaron sus armas en el campo de batalla. Pero no se puede sostener que la nariz sea un arma...

—¿Quiere tirarme de la nariz, sí o no? —exclamó el marqués exasperado—. ¡Vamos, señor Syme, vamos! Es lo que usted quería. ¡Hágalo! No puede darse cuenta de la importancia que tiene esto para mí. ¡No sea egoísta! Tíreme de la nariz, se lo ruego.

Y el marqués le tendió la nariz con exquisita amabilidad.

El tren de París silbaba y rugía. Acababa de detenerse en un apeadero detrás de la colina cercana. Syme tenía la sensación de que una enorme ola se alzaba sobre él y, al romper, lo arrastraría al abismo. Dio dos pasos en un mundo que sólo comprendía a medias, agarró la clásica nariz del notable caballero y tiró. Tiró con fuerza y la nariz se le quedó en la mano.

Las colinas boscosas y las nubes contemplaban a Syme, quien, solemne y ridículo, contemplaba el apéndice de cartón, inerte entre sus dedos. Los cuatro testigos permanecían inmóviles y en silencio, como Syme. El marqués rompió el silencio.

—Si alguno ustedes, caballeros, quieren utilizar mi ceja izquierda —dijo de repente en voz alta—, es toda suya. Coronel Ducroix, ¡permítame ofrecerle mi ceja izquierda! Puede ser útil, algún día.

Y, con gravedad, se arrancó la ceja izquierda y, con ella, la mitad de la frente; luego, muy educadamente, le tendió ese paquete al coronel, que permanecía allí, rojo y mudo de ira.

—«¡Si hubiera sabido que estaba sirviendo de padrino a un cobarde!» —balbuceó el coronel—, «¡a un hombre que se enmascara para luchar!».

—¡A ver! ¡A ver! —dijo el marqués, mientras seguía esparciendo por el prado diferentes partes de su cuerpo—. ¡Se equivoca! Pero no puedo explicárselo por el momento. ¡Ya ve que el tren está en la estación! ¡Que va a salir!

—Sí —dijo el doctor Bull con determinación—, y se irá sin usted. Sabemos lo suficiente como para saber para qué infernal tarea...

El misterioso marqués hizo un gesto desesperado. Era un espantapájaros grotesco aquel hombre gesticulando bajo el sol, con la mitad de la cara pelada como una naranja y la otra mitad contorsionada en una mueca de dolor.

—¡Me están volviendo loco! —gemía—. El tren...

—¡No se irá en este tren! —afirmó Syme, furioso, empuñando su espada.

El marqués volvió hacia Syme su rostro indescriptible. Parecía reunir todas sus energías, en vista de algún esfuerzo sublime.

—¡Maldito desgraciado, estúpido y ruidoso imbécil! ¡Descerebrado! ¡Olvidado de Dios! ¡Ridículo y maldito botarate! —proclamó de un solo aliento—. ¡Estúpido nabo! ¡Cantamañanas! Cabeza de...

—¡No se irá en este tren! —repitió Syme.

—¿Y por qué demonios iba yo a querer coger ese tren? —rugió.

—Lo sabemos todo. Quiere usted lanzar su bomba en París —dijo el profesor con severidad.

—¡Sí, hombre, sí, voy a lanzar un *jabberwock* sobre Jericó! —vociferó el marqués, arrancándose el cabello, lo que, por cierto, no le costó mucho esfuerzo—. ¡Deben estar todos locos para no adivinar quién soy! ¿De verdad creen que me importa mucho coger este tren? ¡Me da igual perder veinte trenes como éste! ¡Al diablo con el tren de París!

—Pero entonces —dijo el profesor—, ¿qué era lo que tanto temía?

—¿Qué temía? No era no poder coger ese tren, era que me cogiera. ¡Y ahora me ha cogido!

—Lamento informarle —dijo Syme, haciendo un esfuerzo por controlarse, que sus explicaciones no satisfacen mi inteligencia—. Quizás comprendería mejor su pensamiento si usted accediera a deshacerse de los últimos restos de su frente y barbilla postizas. ¡La lucidez mental tiene a veces exigencias tan misteriosas! Dice usted que el tren le ha atrapado. ¿Qué quiere decir con eso? Porque estoy convencido —quizá sea sólo una fantasía profesional de hombre de letras— de que eso debe tener algún sentido.

—Significa todo —dijo el otro—, o más bien, el fin de todo. Significa que, ahora, Domingo nos tiene a todos nosotros en la palma de su mano.

—¡A *nosotros!* —repitió el profesor, sumido en el más absoluto estupor—. ¿A qué se refiere con *nosotros?*

—¡Todos nosotros! ¡La Policía! —dijo el marqués mientras terminaba de arrancarse el cuero cabelludo y la mitad de la cara para dejar al descubierto una cabeza rubia, con el pelo liso y bien peinado, la cabeza típica de policía, si bien el rostro estaba considerablemente pálido.

—Soy el inspector Ratcliffe —continuó el falso marqués, con una urgencia casi hosca—, soy una persona muy conocida en la Policía. En cuanto a usted, veo perfectamente que también es policía. Si duda de mis palabras, aquí tiene mi tarjeta.

Y empezó a sacar la tarjeta azul de su bolsillo. El profesor hizo un gesto de cansancio.

—¡Oh, no nos la enseñe, por favor! Ya tenemos suficientes para organizar un juego de mesa.

El hombrecillo que se había llamado Bull tenía, como todos los hombres corrientes, siempre que estén dotados de una vitalidad real, salidas repentinas de verdadera distinción. En esta ocasión, fue él quien salvó la situación. Interrumpiendo esa comedia de transformismo, se acercó a los padrinos del marqués con toda la gravedad que correspondía a su condición, a su vez, de padrino.

—Señores —les dijo—, les debemos unas profundas disculpas. Pero les aseguro que no son víctimas de una broma de mal gusto. No hay nada en todo este asunto que sea indigno de un hombre de honor. Y no han perdido el tiempo: nos han ayudado a salvar el mundo. No somos bufones, somos hombres que luchamos en condiciones desesperadas contra una vasta conspiración. Una sociedad secreta de anarquistas nos persigue como a conejos. No se trata de esos pobres locos que, impulsados por la filosofía alemana o por el hambre, lanzan de vez en cuando una bomba, se trata de una *Iglesia* rica, fanática y poderosa: la Iglesia del Pesimismo Occidental, que se ha propuesto como tarea sagrada la destrucción de la humanidad como si fuera una plaga. Estos miserables nos persiguen, y pueden juzgar el ardor de su persecución por los disfraces con los que hemos tenido que ataviarnos, por lo que les pedimos disculpas, y por argucias como las que han tenido ustedes que presenciar o soportar.

El más joven de los padrinos del marqués, un hombrecillo con bigote negro, se inclinó cortésmente y dijo:

—Acepto sus disculpas, no se preocupe. Por su parte, le ruego que me disculpe si me niego a seguirle en su peligrosa empresa y me permito retirarme. No estoy acostumbrado a ver a mis conciudadanos, y en particular a uno de los más distinguidos, desintegrarse a retales a la luz del día. Por hoy, ya he tenido suficiente. Coronel Ducroix, no quiero influir en absoluto en su decisión, pero considero que nuestra presencia aquí ya no tiene sentido y le informo de que voy a regresar a la ciudad de inmediato. El coronel hizo un gesto mecánico, se tiró un poco del bigote blanco y, finalmente, exclamó:

—¡No, por san Jorge! ¡No le seguiré! Si estos caballeros realmente están luchando contra esos viles sinvergüenzas, tengo la intención de ayudarles hasta el final. He luchado por Francia, sabré luchar por la civilización.

El doctor Bull se quitó el sombrero y lo alzó al grito de «¡Bravo!», como si se creyera en un evento público.

—No haga demasiado ruido —dijo el inspector Ratcliffe—. Domingo podría oírnos.

—«¡Domingo!» —exclamó Bull bajando el sombrero.

—Sí —respondió Ratcliffe—, quizá esté con ellos.

—¿Con quiénes? —preguntó Syme.

—Con los que acaban de bajar de ese tren.

—Todo lo que dice es particularmente incoherente, observó Syme. Déjeme que lo piense... ¡Pero, Dios mío! —exclamó de repente, con el tono de un hombre que presencia una explosión desde lejos—, ¡entonces todo nuestro Consejo Anarquista estaba compuesto por enemigos de la anarquía! Sólo había detectives, excepto el presidente y su secretario particular. ¿Qué significa eso?

—¿Qué significa? —repitió el nuevo policía con formidable virulencia—, ¡significa que estamos muertos! ¿No conocen a Domingo y sus argucias, tan sencillas y tan enormes que siempre resultan incomprensibles? ¿Hay algo más acorde con el sorprendente carácter de Domingo que este hecho: introducir a sus enemigos en el Consejo Supremo, arreglándolo todo para que ese Consejo no sea en absoluto supremo? Les digo que ha comprado todos los *trusts,* ha interceptado todos los telegramas, tiene el control de todas las líneas ferroviarias y, en particular, de ésta, continuó Ratcliffe señalando con un dedo tembloroso la pequeña estación. Él es quien lo ha puesto todo en marcha. A su orden, la mitad de la población mundial está dispuesta a levantarse. Quizá sólo había cinco hombres capaces de resistirse a él, y ese viejo diablo ha conseguido meterlos en su Consejo, ¡para que pierdan el tiempo espiándose unos a otros! Hemos actuado como idiotas, ¡y ha sido él quien nos ha hecho idiotas! Domingo sabía que el profesor perseguiría a Syme por Londres y que Syme lucharía conmigo en Francia. Y él seguía realizando grandes movimientos de capital, se apoderaba de las líneas telegráficas, mientras nosotros, como idiotas, corríamos unos tras otros como niños jugando al pilla-pilla.

—¿Y bien? —preguntó Syme, casi tranquilo.

—Pues bien —respondió el otro, repentinamente sereno—, hoy nos ha puesto a jugar a la gallina ciega en un paraje tan bucólico como solitario. Probablemente se ha apoderado del universo, y este prado es la última fortaleza que le queda por conquistar, junto con todos los imbéciles que se encuentran en él. ¿Querían saber por qué temía la llegada de este tren? Se lo diré: porque Domingo o su secretario acaban de bajar de él.

Syme dejó escapar un grito. Todos volvieron la mirada hacia la pequeña estación lejana: efectivamente, un grupo considerable de personas se dirigía hacia ellos. Pero la distancia aún no permitía distinguirlos.

—Era una costumbre del difunto marqués de Saint-Eustache —dijo el nuevo policía sacando de su bolsillo un estuche de cuero—, llevar siempre consigo unos prismáticos de ópera. O el presidente o el secretario nos persiguen, al frente de este ejército de bandidos. En la tranquila soledad en la que nos sorprenden, no tendremos la tentación de violar ningún juramento llamando a la Policía...

Creo, doctor Bull, que verá mejor con estos prismáticos que con sus gafas, cuyo valor decorativo, sin embargo, es innegable.

El doctor se apresuró a quitarse las gafas y se llevó a los ojos los prismáticos que le ofrecía.

—Seguramente —dijo el profesor, un poco desconcertado—, la situación no es tan desesperada. Hay mucha gente, pero, ¿por qué no podrían ser simplemente turistas pacíficos?

—¿Es habitual que los turistas pacíficos —preguntó Bull, sin apartar los prismáticos de los ojos—, vayan por ahí con máscaras negras que les cubren la mitad de la cara?

Syme casi le arrebató los prismáticos al doctor. Los recién llegados no tenían nada de anormal en su aspecto, pero era cierto que dos o tres de los personajes de la primera fila llevaban máscaras negras. Como es lógico, era difícil reconocer sus rasgos bajo esas máscaras, sobre todo a tanta distancia. Syme no podía sacar ninguna conclusión de las barbillas afeitadas de los que veía en primera fila, pero, mientras hablaban, todos esbozaron una sonrisa, y uno de ellos sólo sonrió por un lado.

CAPÍTULO XI

Malhechores que persiguen a la Policía

Syme bajó los prismáticos y sintió que se le quitaba un gran peso de encima.

—El presidente no está con ellos —dijo secándose la frente.

—Pero, todavía están muy lejos, en el horizonte. ¿Cómo podría reconocer a su presidente a esa distancia? —observó el coronel, que aún no se había recuperado del todo de la sorpresa que le habían causado las rápidas y amables explicaciones de Bull.

—Tan fácilmente como podría distinguir un elefante blanco a la misma distancia —respondió Syme un poco irritado—. Como usted dice, aún están lejos, pero si el presidente estuviera con ellos, ¡creo, por Dios, que el suelo ya estaría temblando bajo nuestros pies!

—No —dijo Ratcliffe trágicamente tras un silencio—: no está. Y yo desearía que estuviera, porque, muy probablemente, en este momento está haciendo una entrada triunfal en París, a menos que se haya sentado sobre las ruinas de la catedral de San Pablo.

—¡Es absurdo! —protestó Syme—. Quizás haya pasado algo desde que salimos de Londres, pero es imposible que haya tomado el mundo por asalto.

Y mirando de nuevo en dirección a la pequeña estación y los campos circundantes, añadió:

—Sí, una turba se dirige hacia nosotros, pero no parecen un ejército organizado.

—Oh —dijo Ratcliffe con desdén—, no son gran cosa. Pero permítame señalarle que la fuerza de esa chusma está calculada para ser proporcional a la nuestra y que no somos gran cosa, amigo mío, en el universo de Domingo. Él mismo se ha asegurado todas las líneas telegráficas, todos los cables. En cuanto a la ejecución de miembros del Consejo Supremo, no es nada para él, un quítame allá esas pajas, y el secretario es suficiente para esa nadería.

Y Ratcliffe escupió en la hierba. Luego, volviéndose hacia los demás, dijo con tono severo:

—Seguro que la muerte tiene muchas cosas buenas, con todo, si alguno de ustedes siente alguna preferencia por la vida, le aconsejo encarecidamente que me siga.

Dicho esto, sin más dilación, dio media vuelta y se dirigió con silenciosa energía hacia el bosque. Al mirar atrás, los demás se dieron cuenta de que el sombrío grupo se había separado de la estación y avanzaba por la llanura con una misteriosa disciplina. Los detectives ya podían ver a simple vista las manchas negras que formaban las máscaras en los rostros de los que iban en primera fila.

Syme y sus compañeros decidieron seguir a Ratcliffe, que ya había llegado al bosque y desaparecido entre los árboles de frondoso follaje. La mañana era calurosa. Al adentrarse en el bosque, les sorprendió el frescor de la sombra, como a los bañistas que tiemblan al sumergirse en el agua fría. Los rayos temblorosos del día, rotos y fragmentados por los árboles, formaban como un velo trémulo, que producía una impresión similar a la del vértigo que se siente ante un cinematógrafo. A Syme le costaba distinguir a sus compañeros, desfigurados por los juegos danzantes de la luz y la sombra. A veces, el rostro de uno emergía en un claroscuro al estilo de Rembrandt, otras veces, sólo se veían dos manos blancas que brillaban en la oscuridad como las de un negro. El exmarqués se había bajado el sombrero de paja sobre los ojos, y la sombra proyectada por el ala dividía su rostro en dos mitades tan nítidas que parecía llevar una máscara igual a la de sus enemigos. Este detalle cautivó la poderosa curiosidad de Syme. ¿Llevaba Ratcliffe una máscara? *¿Había alguien* allí? Ese bosque encantado, donde los hombres se volvían ora blancos, ora negros, donde sus rostros aparecían de repente a plena luz para desvanecerse de pronto en la noche, ese caos de claroscuros tras la plena claridad de la llanura le parecía a Syme una alegoría certera del mundo en el que había vivido durante tres días, de ese mundo imposible en el que la gente se quitaba las gafas, la barba, la nariz, para transformarse en nuevos personajes. Esa trágica confianza en sí mismo, que lo había animado cuando imaginó que el marqués era el Diablo, lo abandonaba ahora que sabía que el marqués era un amigo. Y se sentía incapaz, después de tantas sorpresas, de precisar alguna diferencia clara entre un amigo y un enemigo.

¿Existía alguna diferencia apreciable entre cualquier cosa y cualquier otra cosa? El marqués se había quitado la nariz y ahora era un detective. ¿No podría también quitarse la cabeza y aparecer de repente bajo la forma de un fantasma? ¿No se parecía todo a ese bosque encantado donde la luz y la sombra bailaban su danza demente? ¿No consistía todo en visiones rápidas, efímeras, siempre imprevistas y olvidadas tan pronto como se percibían? Gabriel Syme acababa de hacer, en ese bosque salpicado de luces, un descubrimiento que muchos pintores modernos habían hecho antes que él: había encontrado lo que nuestros contemporáneos llaman *impresionismo,* es decir, una de las innumerables formas de ese escepticismo radical y definitivo que no reconoce ningún soporte, ningún suelo para el universo.

Como un hombre que, en una pesadilla, se debate y trata de gritar, Syme hizo un esfuerzo brusco por deshacerse de esa última idea, la peor de todas. En dos saltos, alcanzó al hombre que llevaba el sombrero de paja del marqués, el hombre al que había aprendido a llamar Ratcliffe, y, en voz muy alta, con un tono excesivamente alegre, rompió ese silencio infinito e inició la conversación:

—¿Puedo preguntarle adónde diablos vamos? —preguntó.

La angustia que había sufrido era tan sincera que sintió un gran alivio al oír una voz natural, una voz humana que le respondía:

—Tenemos que ir por la ciudad de Lancy hacia el mar. Creo que, en esta parte del país, nuestros enemigos tienen pocos correligionarios.

—¿Qué? ¿Qué quiere decir? —exclamó Syme—. Es imposible que tengan tal dominio sobre el mundo real. No hay muchos anarquistas entre los trabajadores y, si los hubiera, unas simples bandas de rebeldes no podrían fácilmente vencer a los ejércitos modernos, a la policía moderna.

—¡Simples bandas! —replicó Ratcliffe con desdén—. Habla de las masas y de los trabajadores como si pudieran tener algo que ver aquí. Comparte la estúpida ilusión de que el triunfo del anarquismo, si se produce, será obra de los pobres. ¿Por qué? Los pobres han sido, a veces, rebeldes; anarquistas, nunca. Están más interesados que nadie en la existencia de cualquier tipo de gobierno regular. El destino de los pobres se confunde con el destino del país. El destino del rico no está vinculado a él. El rico solo tiene que subirse a su yate y dejarse llevar a Nueva Guinea. Los pobres han protestado a veces, cuando se les gobernaba mal. Los ricos siempre han protestado contra el gobierno, fuera cual fuera. Los aristócratas siempre fueron anarquistas; las guerras feudales dan testimonio de ello.

—En un curso de historia de Inglaterra para párvulos —dijo Syme—, su teoría podría colar, pero, en las circunstancias actuales...

—He aquí su aplicación a estas circunstancias: la mayoría de los lugartenientes de Domingo son millonarios que han hecho fortuna en Sudáfrica o en América. Eso es lo que le ha permitido hacerse con todos los medios de comunicación, y por eso los cuatro últimos paladines de la policía antianarquista huyen por los bosques como liebres.

—Entiendo lo que dice de los millonarios —dijo Syme, pensativo—. Casi todos están locos. Pero apoderarse de unos cuantos viejos maníacos es una cosa, y apoderarse de una gran nación cristiana es otra muy distinta. Apostaría mi nariz (¡perdone la alusión!) a que Domingo no podría convertir a nadie normal y en su sano juicio a su doctrina.

—¡Depende! ¿A qué tipo de personas se refiere? —dijo el otro.

—Por ejemplo —respondió Syme, señalando con el dedo índice justo delante de él—, le reto a que convierta a este hombre.

Habían llegado a un claro bañado por la luz que, a los ojos de Syme, simbolizaba su regreso al sentido común. En medio de ese claro había un hombre que podía representar ese sentido común de la forma más augusta. Bronceado por el sol, empapado en sudor, con la gravedad infinita de la gente humilde que realiza las tareas indispensables, se trataba de un fornido campesino que cortaba leña con su hacha. Su carro estaba a pocos pasos, ya medio lleno. Su caballo, que pastaba tranquilamente, parecía, al igual que el leñador, valeroso, sin ser desesperado y, sin embargo, triste. Aquel campesino normando, anguloso y delgado, de estatura más alta que la media de los franceses, se recortaba en negro sobre un cuadrado de luz, como una figura alegórica del trabajo, pintada al fresco sobre un fondo dorado.

—El señor Syme me asegura —le dijo Ratcliffe al coronel—, que ese hombre nunca será anarquista.

—El señor Syme tiene razón —respondió el coronel Ducroix riendo—, aunque sólo sea porque este hombre tiene bienes que defender. Pero olvido que, en su país, no abundan los campesinos ricos.

—Parece muy pobre —dijo el doctor Bull, escéptico.

—Exactamente —dijo el coronel—. Y por eso es rico.

—¡Tengo una idea! —exclamó Bull de repente—. ¿Cuánto nos pediría por llevarnos en su coche? Esos sabuesos vienen a pie: así podríamos distanciarnos de ellos.

—¡Ofrézcale lo que quiera! —exclamó Syme—. Llevo mucho oro.

—Mala idea, dijo el coronel. Sólo le tomará en serio si regatean.

—¡Hala! ¡Ahora hay que ponerse a regatear! —exclamó Bull impaciente.

—Él regatea —dijo el otro—, porque es un hombre libre. Usted no lo comprende, él recelaría de su generosidad. No es una persona que reciba propinas.

Ya creían oír los pasos de sus extraños perseguidores. Sin embargo, tuvieron que esperar, impacientes, a que el coronel negociara con el campesino, con ese tono desenfadado que usan los tratantes de ganado.

Pero al cabo de cuatro minutos, vieron que el coronel no se había equivocado. Porque el campesino había entrado en sus planes, no con el servilismo de un criado al que se ha pagado generosamente, sino con toda la dignidad de un abogado que ha formalizado un trato justo. En su opinión, lo mejor que podían hacer era dirigirse a una pequeña posada situada en la colina que domina Lancy. Allí, el posadero, un antiguo soldado que se había vuelto devoto en su vejez, seguramente simpatizaría con ellos e incluso estaría dispuesto a correr algunos riesgos para ayudarlos. Así que se acomodaron sobre la leña y comenzaron, un poco sacudidos por los baches del tosco carruaje, a descender la empinada pendiente del bosque. Si bien aquel vehículo era pesado y chirriaba, iban rápido, y pronto los detectives constataron con satisfacción que la distancia entre ellos y sus enemigos se ampliaba sustancialmente.

Pero, ¿cómo habían podido los anarquistas reunir un contingente tan considerable? La pregunta seguía sin respuesta. De hecho, la presencia de un solo hombre había bastado para ponerlos en fuga: los detectives habían huido al reconocer la espeluznante mueca del secretario.

De vez en cuando, Syme miraba por encima del hombro. A medida que la distancia hacía que el bosque pareciera más pequeño, Syme divisó las laderas soleadas de la colina que enmarcaban el pequeño bosque, y en ellas vio avanzar el cuadrado negro compacto de la multitud, que parecía un escarabajo monstruoso. A plena luz del sol, Syme, gracias a su vista muy aguda, casi telescópica, distinguía a los individuos. Pero cada vez le sorprendía más ver que se movían como un solo hombre. La ropa era oscura, los sombreros no tenían nada de especial. Era una multitud cualquiera, como las que se pueden ver en cualquier calle, pero sus miembros no se dispersaban, ni se rezagaban, como ocurriría en una multitud normal. La coordinación de su movimiento tenía algo inquietantemente mecánico, era como un ejército de autómatas.

Syme comunicó su impresión a Ratcliffe.

—Sí —respondió el policía—. ¡Eso es disciplina! ¡Eso es Domingo! Puede que esté a quinientas leguas de aquí, pero el miedo que inspira a todos esos hombres pesa sobre ellos como el dedo de Dios. Sí, caminan ordenadamente, y puede usted estar seguro de que hablan ordenadamente, que piensan ordenadamente. ¡A nosotros lo que nos importa es que desaparezcan ordenadamente!

Syme asintió con la cabeza. Y, efectivamente, la mancha negra de los enemigos se iba difuminando cada vez más, a medida que el campesino azotaba a su caballo. El terreno, bastante llano en general, se elevaba al otro lado del bosque hacia el mar en pesadas ondulaciones, cuya primera mitad era bastante escarpada. Recordaba las ondulaciones del terreno de las dunas de Sussex. Con una sola diferencia: en Sussex, la carretera habría sido irregular y sinuosa como el lecho de un pequeño arroyo, mientras que la blanca carretera francesa se dibujaba ante los fugitivos, recta como una catarata. El coche descendió por esa empinada pendiente y, a medida que la carretera se hacía cada vez más escarpada, divisaron a sus pies el pequeño puerto de Lancy y un gran arco de mar azul.

La nube ambulante de sus enemigos había desaparecido por completo del horizonte.

El coche rodeó un grupo de olmos y el hocico del caballo estuvo a punto de golpear en la cabeza a un anciano sentado en un banco, frente a un pequeño café con un letrero que ponía *Soleil d'Or*. El campesino murmuró una disculpa y se levantó. Los detectives bajaron a su vez, uno tras otro, y dirigieron al anciano algunas frases de cortesía. Por sus modales acogedores, se adivinaba que era el propietario de la posada. Era un anciano de cabello blanco, con el rostro arrugado como una manzana, ojos somnolientos y barba gris. Un sedentario, inofensivo, un tipo bastante común en Francia, y más aún en las provincias católicas de Alemania. Todo a su alrededor, su pipa, su jarra de cerveza, sus flores, su colmena, emanaba una paz inmemorial. Sin embargo, al entrar en la sala principal de la posada, los visitantes vieron una espada clavada en la pared.

El coronel saludó al posadero como a un viejo amigo, entró en el local y pidió algo para beber, según es la costumbre. Syme quedó sorprendido por el aplomo militar con que se conducía el coronel y, cuando el viejo posadero salió, aprovechó la oportunidad para satisfacer su curiosidad:

—¿Puedo saber, coronel? —preguntó Syme en voz baja—, ¿por qué hemos venido aquí?

El coronel sonrió tras su bigote blanco y rudo.

—Por dos razones, señor —respondió—, y le daré primero no la más importante, sino la más útil. Hemos venido aquí porque es el único lugar en veinte leguas a la redonda donde podemos encontrar caballos.

—¡Caballos! —repitió Syme, levantando la vista hacia el coronel.

—¡Sí! Si quieren escapar de quienes los persiguen, necesitan caballos. A menos, claro está, que tengan bicicletas o automóviles en los bolsillos...

—¿Y adónde debemos dirigirnos, según usted? —preguntó Syme.

—Sin duda, lo mejor que pueden hacer es dirigirse rápidamente a la comisaría, que está al otro extremo de la ciudad. Mi amigo, a quien he servido de padrino en circunstancias bastante excepcionales, exagera mucho, espero, cuando habla de la posibilidad de un levantamiento general, pero él mismo no se atrevería a negar, creo, que ustedes estarán más seguros con los gendarmes.

Syme asintió gravemente con la cabeza y preguntó:

—¿Y cuál es la otra razón por la que nos ha traído aquí?

—Es que —respondió Ducroix con sencillez— no está mal ver a uno o dos hombres buenos cuando uno está, tal vez, muy cerca de la muerte.

Syme miró hacia la pared y vio un cuadro religioso, tosco y patético.

—Estoy de acuerdo con usted —dijo. Y acto seguido añadió—: ¿Alguien se está ocupando de los caballos?

—Sí. Di órdenes al llegar. Sus enemigos no parecían tener prisa, pero, en realidad, avanzan muy rápido, como soldados bien entrenados. Nunca hubiera imaginado que se pudiera encontrar tal disciplina entre los anarquistas. No hay tiempo que perder.

Mientras aún hablaba, el viejo posadero de ojos azules y cabello blanco entró en la sala y anunció que seis caballos estaban ensillados y dispuestos. Siguiendo el consejo de Ducroix, se aprovisionaron de comida y vino. Se quedaron con las espadas del duelo, las únicas armas que tenían a su disposición, y descendieron al galope por la blanca y escarpada carretera. Los dos criados que habían llevado el equipaje del marqués, cuando aún era marqués, se quedaron en la posada, donde pudieron beber a su antojo.

Contra la luz del crepúsculo Syme vio cómo se iba reduciendo la alta figura del posadero, que los seguía con la mirada, inmóvil en la entrada de la posada. La puesta de sol iluminaba su cabello plateado. Syme, recordando las palabras del coronel, pensó que tal vez ése fuera, en efecto, el último hombre honrado que vería jamás en la tierra. Y seguía mirando aquel rostro que se desvanecía, que ya no era más que una mancha gris, coronada por una llama blanca sobre la gran pared verde del acantilado y, mientras seguía mirando en esa dirección, apareció, en la cima de la duna, detrás del posadero, un ejército de hombres negros en marcha. Se cernían sobre aquel valiente hombre y su casa como una nube negra de langostas.

Los caballos habían sido ensillados justo a tiempo.

CAPÍTULO XII

El mundo en anarquía

Al galope y sin preocuparse de la abrupta pendiente, los fugitivos pronto tomaron una nueva ventaja sobre sus perseguidores. Y pronto se interpuso entre unos y otros, como un baluarte, la masa de las primeras casas de Lancy. La cabalgada había sido larga. Cuando Syme y sus amigos llegaron al centro de la ciudad, el oeste ya se animaba con los cálidos y embriagadores colores del atardecer.

El coronel propuso recurrir a un conocido suyo que podría ser útil, para luego dirigirse a la comisaría.

—Hay en esta ciudad —dijo—, cinco individuos muy ricos. Cuatro de ellos son unos vulgares sinvergüenzas. Creo que, en este asunto, la proporción es aproximadamente la misma en todos los países. El quinto es un hombre honrado, amigo mío y, lo que no carece de importancia en nuestro caso, posee un automóvil.

—Me temo —dijo el profesor con una sonrisa melancólica y mientras echaba una mirada atrás, a la carretera blanca, por donde la mancha negra podía aparecer deslizándose en cualquier momento— me temo que no nos darán tiempo para hacer visitas...

—La casa del doctor Renard está a sólo tres minutos de aquí —dijo el coronel.

—Y el peligro está a menos de dos minutos —dijo Bull.

—Sí —dijo Syme—, si nos damos prisa, los dejaremos atrás, ya que van a pie.

—Les repito —insistió el coronel—, que mi amigo tiene un automóvil.

—¿Está seguro de que nos lo prestará? —preguntó Bull.

—¡Por supuesto! Es de los nuestros.

—¡Silencio! —dijo Syme de repente—. ¿Qué es ese ruido?

Durante un segundo, se quedaron inmóviles, como estatuas ecuestres, y, durante uno, dos, tres segundos, la tierra y el cielo también parecieron inmovilizarse y en la carretera todos oyeron ese ruido cadencioso, repetido, indescriptible pero imposible de ignorar, el ruido que hacen los caballos al trotar.

El rostro del coronel se alteró instantáneamente, como si un rayo lo hubiera golpeado sin dañarlo.

—¡Nos atraparán! —dijo.

Y después de un instante, en tono militar irónico, añadió:

—¡A sus filas para recibir a la caballería!

—¿Dónde diablos han encontrado caballos? —murmuró Syme mientras, mecánicamente, ponía su montura al trote.

El coronel guardó un momento de silencio y luego, con voz alterada, dijo:

—Estoy absolutamente seguro, como ya les he dicho, de que en veinte leguas a la redonda es imposible conseguirlos en otro sitio que no sea el *Soleil d'Or*.

—¡No! —exclamó Syme violentamente—. ¡No! ¡No puedo creer que haya hecho eso ese hombre honrado, con su cabello blanco!

—Quizá le obligaron —dijo el coronel suavemente—... Son al menos cien... ¡Por eso debemos galopar hacia la casa de mi amigo Renard, que tiene un coche!

Y, sin esperar respuesta, espoleó a su caballo y dobló una esquina. A pesar de la velocidad de sus monturas, los demás apenas podían seguir al caballo del coronel.

El doctor Renard vivía en una casa alta y cómoda, en el punto más alto de una calle empinada, de modo que, al desmontar ante su puerta, los jinetes pudieron ver una vez más, dominando todos los tejados de la ciudad, la verde cima de la colina y la blanca carretera que descendía por ella. Respiraron al comprobar que la carretera estaba libre y tocaron el timbre.

El doctor Renard era un hombre risueño, con barba morena, un notable ejemplar de esa antigua especie de médicos concienzudos, tranquilos, muy activos, que abundan más en Francia que en Inglaterra. Cuando le explicaron la situación, se echó a reír ante el pánico del exmarqués. Con su robusto escepticismo francés, aseguró que un levantamiento anarquista universal era totalmente imposible:

—Anarquía —dijo encogiéndose de hombros—, ¡qué tontería!

—¡Y eso! —dijo de repente el coronel, invitando con un gesto a su amigo a mirar hacia la colina—, ¿también es una tontería?

Entonces vieron un grupo negro de hombres a caballo que descendía por la carretera de la cima de la colina con toda la furia irresistible de las hordas de Atila. Pero los jinetes, aunque iban a toda velocidad, mantenían sus filas, y las máscaras negras permanecían perfectamente alineadas en la vanguardia, con una disciplina totalmente militar. A pesar de la velocidad vertiginosa, la masa no se torcía, pero ahora se apreciaba una diferencia, como si la pendiente de la colina fuera un mapa dispuesto sobre un plano inclinado. Toda esa masa en movimiento formaba un solo bloque. Sin embargo, a la cabeza de la columna, galopaba un jinete en solitario. Con gestos frenéticos de las manos y los talones, incitaba a su caballo, y más bien parecía un hombre perseguido por sus enemigos que un hombre que los perseguía. Pero, incluso a esa gran distancia, los detectives no tardaron en reconocer en ese fanático jinete al secretario de Domingo.

—Lamento mucho tener que zanjar una conversación tan enriquecedora —dijo el coronel—. ¿Podría prestarme su automóvil ahora mismo, querido amigo?

—Tengo la vaga impresión de que todos ustedes están locos —observó el doctor con una amable sonrisa—, pero ¡Dios no permita que la locura y la amistad no sean compatibles! Vamos al garaje.

El doctor Renard era un hombre muy bueno y tremendamente rico. Su casa era un pequeño museo de Cluny y poseía tres automóviles, que utilizaba con mucha discreción, ya que tenía los gustos sencillos de la clase media francesa. Nuestros hombres perdieron unos minutos examinando los coches, asegurándose de elegir uno que estuviera en buen estado de funcionamiento que, con gran esfuerzo empujaron hacia la calle, hasta dejarlo delante de la puerta del doctor.

Al salir del garaje, se dieron cuenta con sorpresa de que se ponía el sol y la noche llegaba con esa rapidez que sólo tiene en los países tropicales. ¿Habían tardado más de lo que pensaban en tomar una decisión, o se había formado sobre la ciudad una extraordinaria acumulación de nubes? Miraron a lo largo de la calle empinada y creyeron distinguir una ligera niebla que se elevaba del mar.

—¡Ahora o nunca! —dijo Bull—. Ya oigo los caballos.

—No —corrigió el profesor—: *El* caballo.

Escucharon con atención: efectivamente, no era toda la columna la que se acercaba, sino un solo jinete, adelantado al ejército, y era el secretario enloquecido.

La familia de Syme, como la mayoría de las de rancio abolengo venidas a menos, había tenido en otros tiempos un automóvil. Syme conocía perfectamente cómo manejarlo. Se había subido al asiento del conductor y, con todas sus fuerzas, tirando con todas sus ganas, accionaba los engranajes, que llevaban mucho tiempo sin funcionar. Apretó el volante y con sorprendente tranquilidad dijo:

—Me temo que no hay nada que hacer.

No había terminado de hablar cuando un hombre, erguido sobre un caballo brioso, dobló la esquina con la rapidez y la rigidez de una saeta. La barbilla, crispada por una mueca, bailaba como dislocada. El jinete se acercó al coche parado, en el que los detectives estaban subiendo, y puso la mano en el borde de la capota. Era el secretario. Una muda sonrisa de triunfo torcía su boca.

Syme seguía apretando el volante mientras se oía el galope furioso del ejército anarquista entrando en la ciudad. De repente, a ese ruido se le sumó otro, un chirrido de hierro contra hierro, y el coche se alejó derrapando con una brusca sacudida que arrancó al secretario de su montura, de la que se escurrió como sale una espada de su vaina, y fue arrastrado violentamente unos diez pasos hasta caer de bruces y quedar tirado delante de su caballo, que relinchaba de miedo.

Cuando el coche dobló la esquina trazando una magnífica curva, los detectives pudieron ver a los anarquistas dispersándose por la calle. Los primeros en llegar se bajaron para levantar a su jefe.

—No puedo entender que haya anochecido tan pronto —dijo el profesor en voz baja.

—Se avecina una tormenta —dijo el doctor Bull—. ¡Qué pena que no tengamos una linterna para alumbrarnos!

—¡Tenemos una! —exclamó el coronel mientras cogía del fondo del coche una pesada linterna antigua de hierro forjado.

Era, evidentemente, un objeto muy antiguo. Su destino original debía de haber sido religioso, ya que en uno de sus lados llevaba una cruz, toscamente representada.

—¿Dónde la ha encontrado? —preguntó el profesor.

—Donde encontramos el coche —respondió el coronel—, en casa de mi mejor amigo. Mientras nuestro chófer luchaba con el volante, corrí hacia la puerta, desde donde Renard nos despedía. Le comenté que no me parecía que estuviéramos a tiempo de buscar una lámpara. Él sonrió y alzó la mirada hacia el espléndido techo abovedado de su vestíbulo, donde colgaba la linterna, sujeta por unas cadenas de admirable forja. Esta linterna es uno de los mil tesoros antiguos de su casa llena de maravillas. Con la fuerza de sus brazos, arrancó la lámpara del techo. Los paneles pintados se agrietaron y dos jarrones azules cayeron al mismo tiempo. Entonces me la dio y yo la metí en el coche. ¿Tenía o no razón al decir que merecía la pena ir a conocer a Renard?

—Tenía mucha razón —dijo Syme con gravedad, colocando la pesada linterna delante de él—. El contraste entre aquel coche tan moderno, y aquella extraña lámpara de templo era como una alegoría de su aventura.

Hasta entonces, sólo habían atravesado las zonas más tranquilas de la ciudad y sólo se habían encontrado con dos o tres peatones cuyo aspecto no les permitía aventurar si su disposición era amistosa u hostil. Pero ahora las ventanas se iluminaban una a una, de manera que se sentían en un lugar habitado, rodeados de humanidad.

El doctor Bull se volvió hacia Ratcliffe y, con una de sus sonrisas amistosas, le dijo:

—Estas luces alegran un poco el corazón, eh.

El inspector Ratcliffe frunció el ceño.

—A mí ahora mismo sólo hay una luz que puede animarme —respondió—, y es la de la comisaría que veo al otro lado de la ciudad. ¡Ojalá lleguemos allí antes de diez minutos!

El sentido común y el optimismo de Bull se rebelaron.

—¡Bah, no diga usted tonterías! —Exclamó—. Si realmente cree que los buenos burgueses, en sus buenas casas burguesas, albergan sentimientos anarquistas, ¡es que usted está más loco que un anarquista! Si nos volviéramos para luchar contra esos miserables, ¡tendríamos a toda la ciudad con nosotros!

—No —dijo el otro con una sencillez desconcertante—, toda la ciudad se pondría de parte de ellos. Y si no, al tiempo...

Mientras hablaban, el profesor, repentinamente inquieto, se inclinó hacia delante:

—¿Qué es ese ruido? —preguntó.

—¡Los caballos! —dijo el coronel—. ¡Creía que teníamos un buen trecho entre nosotros y ellos!

—¿Los caballos? —dijo el profesor—. ¡No! ¡No son caballos! Y el ruido no viene de detrás de nosotros.

En ese momento, al final de la calle, delante de ellos cruzaron dos formas iluminadas con un ruido metálico. Desaparecieron en un instante, pero todos reconocieron que eran automóviles, y el profesor se levantó pálido y juró que eran los que habían dejado en el garaje del doctor Renard.

—Les digo que son los suyos —repitió—, ¡y estaban llenos de hombres enmascarados!

—¡Eso es imposible! —exclamó el coronel—. ¡Renard nunca les habría entregado sus coches!

—Se los habrán quitado —dijo Ratcliffe tranquilamente—. Le digo que toda la ciudad está en nuestra contra.

—¿De verdad? —preguntó el coronel incrédulo—. ¿Está convencido de ello?

—Y pronto lo estará también usted —añadió Ratcliffe con calma desesperada.

Tras un silencio incómodo, el coronel volvió a hablar de repente:

—¡No! ¡No puedo creerlo! ¡Es una locura! La gente buena y sencilla de una tranquila ciudad francesa...

Fue brutalmente interrumpido por una detonación acompañada de resplandor que lo deslumbró. El coche avanzó dejando tras de sí una estela de humo blanco. Syme había oído silbar una bala junto a sus oídos.

—¡Dios mío! —exclamó el coronel—. ¡Nos están disparando!

—Que eso no interrumpa nuestra conversación —dijo Ratcliffe—. Por favor, coronel, continúe con sus acertadas observaciones: precisamente estaba diciendo que la gente sencilla de una tranquila ciudad francesa...

El coronel ya no estaba en condiciones de prestar atención a las ironías del detective; miraba a su alrededor, refunfuñando:

—¡Es extraordinario! Absolutamente extraordinario...

Syme añadió:

—Un aguafiestas diría incluso que...

—¡Qué desagradable! ¿No es así? Pero creo que esas luces al final de la calle, en las afueras, son las de la gendarmería. Vamos a llegar.

—No —dijo Ratcliffe—, nunca llegaremos.

Tras incorporarse para mirar a lo lejos, se sentó, alisándose el pelo con un gesto cansado.

—¿Qué quiere decir? —preguntó Bull secamente.

—He dicho y repito que nunca llegaremos al puesto —respondió desde un pesimismo plácido—. Los anarquistas ya han colocado dos filas de hombres armados en el camino, los veo desde aquí. La ciudad está en armas, como había previsto. El único consuelo que me queda es la deliciosa sensación de no haber cometido ningún error de cálculo.

Y Ratcliffe, acomodándose, encendió un cigarrillo, mientras los demás se levantaban apresuradamente y escudriñaban la calle con mirada inquieta.

Syme había ido moderando poco a poco la velocidad del coche, a medida que sus planes de huida iban quedando en entredicho, hasta que se detuvo en la esquina de una calle que descendía hacia el mar por una pendiente muy pronunciada.

Casi toda la ciudad estaba ya sumida en la oscuridad, aunque el sol aún no había desaparecido del horizonte, de suerte que todo lo que tocaba con la punta de sus rayos se teñía de un dorado ardiente, y esos últimos fuegos del atardecer eran agudos y delgados como proyecciones de luz artificial en un teatro. Bajo este resplandor el coche brillaba como un carro en llamas. Pero a su alrededor, y sobre todo en los extremos de la calle, todo estaba ya sumido en la noche. Durante unos segundos, los detectives no pudieron ver nada. Finalmente, Syme, cuya vista era singularmente aguda, soltó una risita amargamente irónica:

—Es totalmente cierto —dijo—. Hay una multitud, si no un ejército, o algo similar, al final de esta calle.

—En ese caso —dijo el doctor Bull—, se trata de otra cosa. Quizá esa multitud esté celebrando alguna fiesta local, por ejemplo, la fiesta del alcalde o algo por el estilo. No puedo ni quiero admitir que los habitantes de esta honrada ciudad vayan por ahí con dinamita en los bolsillos. Avancemos un poco, Syme, y veamos más de cerca.

El coche avanzó unos cien metros. De repente, el doctor Bull soltó una carcajada que sorprendió a todos.

—¡Bueno! —exclamó—. ¿Qué les decía yo, hombres de poca fe? Esta gente es tan dócil y respetuosa con la ley como las ovejas, y, lo sean o no, están de nuestro lado.

—¿Cómo lo sabe? —preguntó el profesor, sorprendido.

—¡Ve usted menos que un topo! —exclamó Bull—. ¡Miren quién los comanda!

Miraron con todos sus ojos.

—¡Es Renard! —exclamó el coronel con voz ronca.

En efecto, había una masa informe de hombres, o más bien de sombras, al final de la calle y, separado de esa masa e iluminado por la luz del atardecer, el doctor Renard daba vueltas de un lado y a otro. Era él, sin duda, con aquella barba morena, que acariciaba, y su sombrero blanco. Pero en su mano izquierda sostenía un revólver.

—¡Qué estúpido he sido! —dijo alegremente el coronel—. ¡Este buen hombre ha venido en nuestra ayuda!

Bull se moría de risa. Mientras blandía una de las espadas del duelo despreocupadamente, como si fuera un bastón, saltó al suelo gritando:

—¡Doctor Renard, eh! ¡Doctor Renard!

Un instante después, Syme creyó que sus ojos se habían vuelto locos: el filantrópico doctor Renard había apuntado deliberadamente con su revólver y disparado a Bull dos veces. La doble detonación retumbó por toda la calle. A la nube de humo que se elevaba de la mano del doctor Renard, le dio la réplica el cigarrillo del cínico Ratcliffe con una fina nube azul. Al igual que sus compañeros, Ratcliffe había palidecido, pero no dejaba de sonreír. El doctor Bull, cuyo cabello había sido rozado por las balas, permaneció inmóvil un instante en medio de la calle, sin mostrar ningún temor, y luego, lentamente, se dio la vuelta y se subió al coche. Tenía dos agujeros en el sombrero.

—Bueno —dijo lentamente el fumador de cigarrillos—, ¿qué opinan ahora?

—Pues yo pienso—respondió el doctor Bull con mucha precisión—, que estoy acostado en mi cama, en el número 217 de Peabody

Buildings, y que pronto me despertaré sobresaltado. O bien creo que estoy en una pequeña celda acolchada en el frenopático de Hanwell y que el médico desespera de mi caso. Pero, si quiere saber lo que no creo, se lo diré. No pienso lo que usted piensa. No pienso ni pensaré jamás que la multitud de gente honrada y común esté compuesta por sucios pensadores modernos. No, señor, soy demócrata y no creo que Domingo pueda convertir a un obrero o a un vagabundo, ¡no! Quizá yo esté loco, pero la humanidad no lo está.

Syme volvió hacia él su mirada azul claro y, con una gravedad inusual, dijo:

—Es usted muy buena persona. Su buen sentido cree en el de los demás, que no es necesariamente el suyo. Y tiene razón cuando habla así de la humanidad en general, de los campesinos, por ejemplo, o del posadero del Soleil d'Or. Pero se equivoca en el caso de Renard. Lo sospeché desde el principio. Es un racionalista y, lo que es peor, es rico. Si el sentido del deber y la fe religiosa desaparecen algún día, será por culpa de los ricos.

—El deber y la religión ya han desaparecido —dijo Ratcliffe levantándose, con las manos en los bolsillos—. ¡Esos demonios se están acercando!

Todos miraron con inquietud en la dirección que señalaba la mirada onírica de Ratcliffe y vieron que todo el regimiento, reunido al final de la calle, marchaba hacia ellos, con el doctor Renard a la cabeza, furioso, con la barba al viento.

El coronel saltó del coche:

—¡Señores! —gritó—. ¡Esto no es posible, no lo es! Sólo puede ser una broma. ¡Si conocieran a Renard como yo lo conozco!... ¡Sería como decir que la reina Victoria es una dinamitadora! Si tuvieran la más mínima idea del carácter de este hombre...

—Lo que es Bull ya se hace una idea de ese precioso carácter —dijo Syme con sarcasmo.

—¡Le digo que es imposible! —repitió el coronel dando una patada en el suelo—. Renard se explicará; me lo explicará todo a mí.

Y el coronel dio un paso adelante.

—¡No se precipite tanto! —murmuró Ratcliffe—. Pronto nos lo habrá explicado todo, a todos nosotros a la vez.

Pero el impetuoso coronel, sin escuchar nada más, avanzó hacia el enemigo. Renard, en el fragor de la batalla, volvió a levantar su revólver. Sin embargo, al reconocer al hombre que tenía delante, dudó, y el coronel se le acercó haciendo gestos de reproche.

—Está perdiendo el tiempo —dijo Syme—, no hay nada que esperar de ese viejo pagano. Yo diría que nos lancemos contra esa multitud, ¡bang! Y la atravesemos como las balas atravesaron el sombrero de Bull. Probablemente nos matarían, pero al menos mataríamos a muchos de ellos.

—¡Ni hablar, chato! —dijo Bull con un acento popular, con ecos sinceros de su virtud democrática—. Quizá estos pobres desgraciados estén equivocados. Dejemos que el coronel negocie.

—Volvamos atrás, entonces —propuso el profesor.

—No —dijo Ratcliffe con frialdad—: la calle también está cerrada detrás de nosotros. Además, me parece ver a otro de sus amigos, Syme.

Syme dio la vuelta rápidamente al coche y vio un grupo irregular de jinetes que se acercaban a ellos en la penumbra. Por encima de la silla del caballo que iba en cabeza, vio el reflejo plateado de una espada y, poco después, el reflejo plateado del cabello de un anciano. Inmediatamente, volvió a poner el coche en marcha en la dirección opuesta, a toda velocidad, hacia el mar. Un hombre decidido a suicidarse no habría actuado de otra manera.

—¿Qué diablos pasa? —gritó el profesor agarrándole del brazo.

—¡La estrella de la mañana también ha caído! —dijo Syme.

Y el coche se precipitó en la noche como un cometa.

Los demás, sin comprender las enigmáticas palabras de Syme, miraban a su alrededor con desesperación. Pero, al volverse, vieron a la caballería lanzada en su persecución: al frente galopaba el buen posadero del Soleil d'Or, y su rostro resplandecía sobre la cándida inocencia de las últimas luces del atardecer.

—¡El mundo se ha vuelto loco! —gimió el profesor, ocultando su rostro entre las manos.

—No —protestó Bull con la obstinación de una humildad más sólida que el diamante—, soy yo quien está loco.

—¿Qué vamos a hacer? —preguntó el profesor.

—De momento —respondió Syme con el tono preciso de un observador desinteresado—, vamos a chocar contra una farola.

Un segundo después, el automóvil chocó con un ruido catastrófico contra un objeto de hierro. Al instante, los cuatro hombres se liberaron con gran dificultad de aquel amasijo de metal y una farola al borde del muelle había quedado torcida y doblada como la rama tronchada de un árbol.

—Vamos —dijo el profesor con una leve sonrisa—, al menos hemos derribado algo, eso es un consuelo.

—¿Se está volviendo anarquista? —gruñó Syme, mientras sacudía el polvo de su ropa por instinto de limpieza.

—Todo el mundo lo es —afirmó Ratcliffe.

Mientras tanto, el posadero y su escuadrón bajaban por la calle con un ruido atronador, mientras otra tropa gritaba y formaba una barrera a lo largo del mar.

Syme agarró una espada entre los dientes, colocó otras dos bajo los brazos, empuñó una cuarta con la mano izquierda y, con la linterna en la mano derecha, saltó del muelle a la orilla.

Los demás saltaron detrás de él, uniéndose a su causa y abandonando a la turba los restos del coche.

—Nos queda una última oportunidad —explicó Syme sacándose la espada de entre los dientes—. Sea lo que sea lo que signifique este pandemónium, creo que la Policía vendrá en nuestra ayuda. Es cierto que la carretera está cortada y no podemos llegar al puesto, pero ¿ven ese rompeolas que se adentra en el mar? Podemos resistir allí bastante tiempo, como aquel Horacio que defendía su puente. Intentemos resistir al menos hasta que lleguen los gendarmes. ¡Síganme!

Bajaron por la orilla hasta que dejaron de sentir bajo sus pies la grava de la playa y encontraron grandes adoquines. Entonces siguieron por un espigón largo y bajo que se adentraba en el mar embravecido y, cuando llegaron al final de este, comprendieron que allí también se acababa su aventura.

Se dieron la vuelta hacia la ciudad. ¡Aquella ciudad! La revuelta la había transformado. A lo largo del muelle, había una confusa y ruidosa multitud de hombres que agitaban los brazos y miraban al mar con ojos ardientes. Antorchas y linternas perforaban aquí y allá aquella espesa columna oscura. Pero, incluso en los rostros que no se veían, incluso en los gestos que apenas se adivinaban en lo más profundo de la oscuridad, se percibía un odio concertado. Era evidente que la maldición universal se cernía sobre ellos. Pero ¿por qué?

Dos o tres hombres saltaron del muelle a la orilla, tal y como ellos habían hecho. Parecían monos, tan pequeños, ágiles y negros que eran. Se adentraron en la arena gritando horriblemente e intentaron vadear hasta el muelle. Su ejemplo fue seguido por los suyos, y toda la masa vociferante se fue derramando por encima del parapeto del muelle, como una mermelada negra.

Entre los primeros en llegar, Syme reconoció al campesino que les había prestado su carro. Se lanzaba hacia la espuma, montado en un gran caballo de tiro y blandiendo su hacha de leñador.

—¡Los campesinos! —exclamó Syme—. ¡No se habían rebelado desde la Edad Media!

—Ni siquiera la Policía, si llegara, podría hacer nada contra esta multitud —dijo el profesor con tristeza.

—¡Es una locura! —exclamó Bull desesperado—, ¡seguro que aún queda humanidad en esta ciudad!

—No —dijo Ratcliffe—. La raza humana va a desaparecer. Somos los últimos representantes.

—Quizás —respondió el profesor, con aire distraído—; luego añadió con voz soñadora: ¿cómo es el final de *La Dunciada?* ¿Lo recuerdan?

«Todo se apaga, el fuego de la nación como el del ciudadano.
No queda ni la antorcha del hombre ni el relámpago de Dios.
Mira, tu oscuro Imperio, Caos, ha sido restaurado.
La luz se desvanece ante tu palabra que no crea.
Tu mano, gran Anarca, deja caer el telón
y la noche universal lo engulle todo».

—¡Silencio! —gritó Bull—. ¡Llegan los gendarmes!

En efecto, ante las ventanas iluminadas de la comisaría desfilaban apresuradamente unas sombras y, en la noche, se oía el traqueteo de una caballería disciplinada.

—Están cargando contra la multitud —continuaba Bull, loco de alegría, o de miedo.

—No —dijo Syme—, los gendarmes se están alineando a lo largo del muelle.

Bull empezó a bailar:

—¡Han amartillado sus carabinas! —exclamó.

—Sí —admitió Ratcliffe—, para dispararnos.

Se oyó una descarga de mosquetes y las balas llovieron sobre las piedras del muelle.

—¡Los gendarmes están con ellos! —exclamó el profesor golpeándose la cabeza con ambos puños.

—Estoy en una celda del manicomio, seguro —declaró Bull con resignación.

Todos se callaron, Ratcliffe contempló el mar gris violáceo y dijo:

—¿Locos o sabios, qué importa? Dentro de poco estaremos todos muertos.

—¿Entonces ha perdido toda esperanza? —le preguntó Syme.

El señor Ratcliffe guardó un silencio sepulcral.

—No, lo más extraño —respondió finalmente— es que no he perdido toda esperanza. Siento palpitar en mi interior una pequeña y absurda esperanza que no puedo apartar de mi mente. Todas las potencias del planeta se han coaligado contra nosotros. Y no puedo evitar preguntarme si esta pequeña y loca esperanza es del todo irracional.

—¿En quién o en qué tiene esperanza? —preguntó Syme, curioso.

—En un hombre al que nunca he visto —respondió el otro volviéndose hacia el mar de plomo.

—Sé a quién se refiere —respondió Syme en voz baja—, al hombre de la habitación oscura. ¡Hace tiempo que Domingo lo mató!

—Quizás. En cualquier caso, es el único hombre al que a Domingo le habría costado matar.

—He oído lo que ha dicho —intervino el profesor, que les daba la espalda—. Yo también creo firmemente en lo que nunca he visto.

Syme, que se había quedado bloqueado por el esfuerzo de pensar, se volvió de repente y exclamó bruscamente, como un hombre que se despierta de golpe:

—¿Dónde está el coronel? ¡Creía que estaba con nosotros!

—¿El coronel? —repitió Bull—. Ah, sí, ¿dónde está el coronel?

—Se ha ido a reunirse con Renard —dijo el profesor.

—¡No podemos abandonarlo a merced de esos brutos! —dijo Syme—. Moriremos con honor, si...

—No se compadezca demasiado del destino del coronel —dijo Ratcliffe con una pálida sonrisa de desprecio—. El coronel está muy a gusto, está...

—¡No! ¡No! ¡Y no! —interrumpió Syme con una especie de furia—. ¡A quien usted quiera, pero al coronel no! ¡Nunca lo creeré!

—¿Creerá lo que ven sus ojos? —preguntó el otro señalando la orilla.

Muchos de sus enemigos se habían metido en el agua apretando los puños. Pero el mar estaba embravecido y no podían llegar al muelle. Sin embargo, dos o tres habían logrado alcanzar los escalones de piedra y seguían avanzando con cautela. La luz de una linterna iluminó los rostros de los dos primeros. Uno llevaba una máscara, bajo la cual la boca se retorcía con tal frenesí nervioso que la barba, agitada por el movimiento de la mandíbula inferior, se movía en todas direcciones, como algo vivo e inquieto. El otro tenía el rostro rojo y el bigote gris, el bigote del coronel Ducroix. Los dos hombres se consultaban con gravedad.

—Sí, él también ha cambiado de bando —dijo el profesor sentándose en una piedra—. Todo está perdido. Estoy perdido. Ya no me fío ni de mí mismo, creo que es muy posible que mi propia mano se levante contra mí para golpearme.

—Cuando mi mano se levante —declaró Syme—, golpeará a otro que no soy yo.

Y se dirigió por el muelle hacia el coronel, con una espada en una mano y la linterna en la otra.

Como para disipar las últimas esperanzas o dudas, el coronel, en cuanto lo vio, le apuntó y disparó su revólver. La bala no alcanzó a Syme, pero golpeó su espada y la rompió cerca de la empuñadura. Syme se lanzó blandiendo la linterna por encima de su cabeza.

—¡Judas ante Herodes! —gritó.

Y derribó al coronel sobre las piedras del embarcadero.

Luego se volvió hacia el secretario, que echaba espuma por la boca. Levantó la linterna con un gesto tan extrañamente solemne que el otro, estupefacto, se quedó inmóvil y se vio obligado a escucharlo.

—¿Ve esta linterna? —gritó Syme con voz terrible—. ¿Ve la cruz que lleva grabada? ¿Ve la lámpara que protege? ¡Ustedes no han forjado esta linterna! ¡Ustedes no han encendido esta lámpara! Fueron hombres mejores que ustedes, hombres que sabían creer y obedecer los que trabajaron las entrañas de este hierro, los que preservaron la leyenda del fuego. Todo, la calle por la que ustedes caminan, la ropa que visten, todo ha sido hecho como esta linterna, negando su filosofía de miserables y ratas. Ustedes no pueden construir nada, pues sólo saben destruir. Destruyan entonces la humanidad, destruyan el mundo. ¡Y confórmense con eso! ¡No destruirán esta vieja linterna cristiana! ¡Irá a un lugar que su imperio de monos nunca averiguará!

Golpeó con la linterna al secretario, que se tambaleó bajo el golpe, y luego, haciéndola girar dos veces sobre su cabeza, la lanzó lejos al mar, desde donde emitió un último destello como un cohete y se hundió.

—¡Las espadas! —gritó Syme, volviendo su rostro encendido hacia sus tres compañeros—. ¡Ataquemos a estos perros! ¡Ha llegado la hora de morir!

Los tres compañeros se acercaron con la espada en la mano. Syme estaba desarmado, pero derribó a un pescador y le arrebató un garrote de las manos, y los cuatro detectives se lanzaron contra la multitud y hacia la muerte, cuando de repente se produjo una brusca interrupción.

Desde que Syme había hablado, el secretario se había quedado allí, como deslumbrado, con la cabeza entre las manos. De repente, se arrancó la máscara. Expuesto así a la luz de las farolas, aquel pálido rostro revelaba menos ira que asombro.

—Hay un error —dijo—. Señor Syme, dudo mucho que sea consciente de su situación. En nombre de la ley, lo detengo.

—¿En nombre de la ley? —repitió Syme, soltando su porra.

—Por supuesto —respondió el secretario—. Soy detective de Scotland Yard.

Y sacó una tarjeta azul de su bolsillo.

—¿Y qué cree que somos nosotros? —preguntó el profesor levantando los brazos al cielo.

—Ustedes —dijo el secretario con tono gélido— son, lo sé con certeza, miembros del Consejo Supremo de Anarquistas. Disfrazado como uno de ustedes, he...

El doctor Bull lanzó su espada al mar.

—Nunca ha existido un Consejo Supremo de Anarquistas —dijo—. Todos somos unos estúpidos policías que perdemos el tiempo espiándonos unos a otros. ¡Y toda esa buena gente que nos disparaba nos confundía con dinamiteros! Sabía que no me equivocaba con respecto a la multitud, añadió mientras lanzaba una mirada radiante a la enorme multitud que se agitaba en la distancia: la gente común nunca está loca. Yo lo sé bien, porque yo mismo soy gente común. Ahora, bajemos a tierra. ¡Les invito a todos a una copa!

CAPÍTULO XIII

Persiguiendo al presidente

A la mañana siguiente, cinco personas, aún un poco sorprendidas, pero alegres, tomaron el barco en Dover.

El pobre coronel tendría motivos para quejarse, ya que tuvo que luchar sucesivamente por dos bandos que no existían y luego fue golpeado violentamente con una linterna de hierro. Pero era un anciano magnánimo. Contento de saber que ninguno de los dos bandos utilizaba dinamita, acompañó a los viajeros hasta el muelle y se mostró de muy buen humor.

Los cinco detectives reconciliados tenían un montón de detalles que comunicarse. El secretario tuvo que explicar por qué se habían puesto máscaras para poder alcanzar al enemigo bajo la apariencia de conspiradores. Syme tuvo que explicar por qué él y sus amigos habían huido con tanta rapidez a través de un país civilizado.

Pero todos esos pequeños detalles, todos esos pequeños misterios, que ahora tenían explicación, quedaban aplastados bajo el enorme peso del único enigma que seguía sin resolverse. ¿Qué significaba todo aquello, en realidad? Si todos ellos eran inofensivos policías, ¿qué era Domingo? Si no se había apoderado del mundo, ¿qué había hecho entonces?

A este respecto, el inspector Ratcliffe seguía teniendo serias dudas.

—Al igual que ustedes —dijo—, no entiendo nada del jueguecito de Domingo. Pero, en cualquier caso, ese tipo no es un ciudadano irreprochable. ¡Por Dios, recuerden su rostro!

—Admito —asintió Syme— que para mí es imposible olvidarlo.

—Pronto tendremos más información —dijo el secretario—, ya que mañana tendrá lugar nuestra gran reunión. Me disculparán —añadió con su espeluznante sonrisa—, pero debo cumplir con mis obligaciones como secretario.

El profesor reflexionaba.

—Quizás tenga razón —dijo—, quizás nos lo cuente todo. Pero yo no tendría el valor para preguntarle a Domingo quién es realmente.

—¿Es la bomba lo que le da miedo? —preguntó el secretario.

—No. Simplemente tengo miedo... de que me responda.

—Vamos a tomar algo —propuso el doctor Bull tras un silencio.

Durante todo el viaje, tanto en el tren como en el barco, estuvieron muy habladores y bebieron considerablemente. El instinto los mantenía unidos. El doctor Bull, que siempre había sido el optimista del grupo, propuso que todos tomaran un mismo coche de dos ruedas en Victoria, idea que no convenció a sus compañeros, que tomaron un carruaje de cuatro ruedas. Bull se sentó junto al cochero y se puso a cantar. Su viaje de regreso terminó en un hotel de Piccadilly Circus. Así, los cinco miembros del Consejo estarían listos a la mañana siguiente para el desayuno en Leicester Square. Pero, incluso después de llegar al hotel, sus aventuras aún no habían terminado.

Bull, descontento con la decisión de sus amigos de irse a dormir sin más, salió del hotel hacia las once para ver y disfrutar de algunas de las bellezas de Londres. Veinte minutos después, regresó y armó un escándalo en el vestíbulo. Syme intentó calmarlo, pero no pudo evitar escuchar con mucha atención lo que pretendía decir:

—¡Les aseguro que lo vi! —repetía Bull con gran energía.

—¿A quién? —preguntó Syme—, ¿al presidente?

—Tampoco he tenido tan mala suerte —respondió Bull con una risa innecesaria—. Es menos grave que eso: lo vi y lo traje aquí.

—¿Pero a quién? —preguntó Syme, impaciente.

—Al hombre peludo —respondió el otro, lúcido—, o, al menos, al hombre que era peludo. ¡Gogol! Aquí está.

Y Bull tiró del brazo a un joven que hacía vanos esfuerzos por escapar del abrazo del pequeño y robusto doctor. Era el mismo rubio de rostro pálido que, cinco días antes, había sido expulsado del Consejo, el primero en ser desenmascarado de todos esos supuestos anarquistas.

—¿Qué quieren de mí? —gritaba—. ¿No me han expulsado? ¿No quedamos en que soy un espía?

—Todos somos espías —le dijo Syme en voz baja.

—¡Todos somos espías! —gritó Bull—. ¡Vamos a beber!

Al día siguiente, los seis detectives se dirigieron al hotel de Leicester Square.

—¡Todo va bien! —dijo Bull—. Somos seis y vamos a pedirle a un solo hombre lo que queremos.

—Nuestra situación no es tan sencilla —corrigió Syme—: somos seis que vamos a preguntarle a un solo hombre lo que cada uno de nosotros quiere.

Entraron en silencio en la plaza y, aunque el hotel se encontraba en el extremo opuesto, vieron inmediatamente en el pequeño balcón a un hombre de estatura desproporcionada. Estaba sentado, con la cabeza inclinada sobre un periódico. Aquellos seis hombres, que habían venido con la intención de aplastar a uno solo con el peso de su mayoría, cruzaron la plaza sin decir palabra, como si sintieran que, desde lo alto del cielo, cien ojos los espiaban. Habían discutido mucho sobre cómo actuar. ¿Debían dejar a Gogol fuera y empezar diplomáticamente? ¿Era mejor presentarse con él y hacer saltar la situación por los aires desde el primer momento? Syme y Bull se decantaban por esta última opción y se impusieron, a pesar de la observación del secretario:

—¿Por qué atacar a Domingo tan temerariamente?

—Es muy sencillo —respondió Syme—, lo ataco temerariamente porque le tengo miedo.

Siguieron a Syme en silencio por la oscura escalera y todos salieron al mismo tiempo a plena luz del día y a la luz de la sonrisa de Domingo.

—Encantado —dijo el presidente—, encantado de veros a todos juntos. ¡Qué día tan bonito! ¿Ha muerto el zar?

El secretario, que era el que estaba más cerca de Domingo, respondió con extrema dignidad y aún más severidad:

—No, señor. No ha habido sangre. No tengo por qué describirle el espectáculo repugnante de...

—¿Espectáculo repugnante? —repitió el presidente en tono interrogativo—. ¿Quizás se refiere al espectáculo que nos ofrece el doctor Bull con sus gafas?

El secretario se quedó mudo, desconcertado. El presidente continuó, y su entonación invitaba a la indulgencia:

—Sé bien que cada uno tiene sus opiniones, y hasta sus ojos. Pero calificar de repugnante el espectáculo que nos ofrece el aspecto de un hombre en presencia del susodicho...

El doctor Bull se quitó las gafas y las rompió sobre la mesa.

—¡Mis gafas son de vergüenza! —exclamó—. ¡Pero yo no soy un sinvergüenza! ¡Míreme a mí!

—Bueno, usted tiene el rostro que la naturaleza le ha dado —dijo el presidente—. Sí, ¿y quién soy yo para reprocharle a la naturaleza los frutos que madura en el árbol de la vida? Quizás algún día yo mismo tenga su rostro...

—¡No es momento para bromas! —interrumpió el secretario, furioso—. Estamos aquí para saber qué significa todo esto. ¿Quién es usted? ¿Y qué hace? ¿Por qué nos ha reunido? ¿Sabe quiénes somos? ¿Es usted un imbécil que juega a ser conspirador o un hombre ingenioso que se divierte? ¡Le exijo que me responda!

—Los candidatos, en los exámenes —susurró el presidente—, sólo tienen la obligación de responder a ocho preguntas de diecisiete. Por lo que he entendido, usted pretende que le diga quién soy, quiénes son ustedes, qué es esta mesa y qué es el Consejo Supremo, y tal vez también cuál es el sentido de la vida. ¡Pues bien! Voy a desvelar uno de esos misterios, sólo uno. Puesto que desean saber quiénes son, se lo diré: Entérense de que son una pandilla de macacos movidos por buenas intenciones.

—¿Y usted? —preguntó Syme inclinándose hacia él—. ¿Y usted, quién es?

—¡Yo! ¿Quién soy yo? —gritó Domingo, elevándose progresivamente hasta una altura vertiginosa, como una ola que va a engullir todo lo que la rodea al romper—. ¿Quieren saber quién soy? —continuó—. Bull, usted es un hombre de ciencia: estudie las raíces de los árboles y busque su origen oculto. Syme, usted es poeta: mire las nubes de la mañana e intente definirme su naturaleza. Pero les advierto una cosa: podrán encontrar la verdad del árbol y la verdad de la nube, pero aún estarán lejos de mi verdad. Llegarán a comprender el mar, pero yo seguiré siendo un enigma. Sabrán lo que son las estrellas, pero no sabrán quién soy yo. Desde el principio del mundo, todos los hombres me han perseguido, como a un lobo, todos, los reyes y los sabios, los poetas y los legisladores, todas las iglesias y todas las filosofías. Nunca, hasta ahora, me han capturado y caerán los cielos antes de que consigan acorralarme. Siempre les he plantado cara hasta ahora y seguiré haciéndolo.

Antes de que ninguno de ellos pudiera hacer ningún gesto, el monstruoso personaje, como un orangután gigantesco, había saltado la barandilla del balcón. Pero, antes de dejarse caer al vacío, se enderezó con la fuerza de sus muñecas y, levantando la barbilla a la altura de la barandilla, dijo con solemnidad:

—Hay una cosa, sin embargo, que quiero que sepan: fui yo quien estaba en la habitación oscura, fui yo quien les metió en la Policía.

Dicho esto, se dejó caer y rebotó en el pavimento como una pelota de goma. Con paso elástico, llegó a la esquina del Alhambra, llamó a un coche y se subió a él.

Los seis detectives se quedaron allí, pálidos como la cera, como si les hubiera caído un rayo tras esta revelación. Pero Syme fue el primero en recuperar el sentido y su espíritu práctico. A riesgo de romperse los brazos y las piernas, saltó desde lo alto del balcón y, a su vez, llamó a un coche. Bull se unió a él justo a tiempo para saltar con él al coche. Wilks y Ratcliffe tomaron otro; el secretario y Gogol, un tercero. Y el tercero siguió al segundo, que siguió al primero, que perseguía, rápido como el viento, al no menos veloz Domingo.

Fue una carrera loca hacia el noroeste de Londres. El cochero de Domingo, evidentemente bajo la influencia de una generosa propina, espoleaba a sus caballos a un ritmo temerario. Pero Syme, que en ese momento no estaba de humor para refinamientos, se incorporó en su coche y empezó a gritar:

—¡Al ladrón!

De modo que se empezaron a formar grupos que siguieron a los coches a toda velocidad, mientras los policías se informaban de qué sucedía. Esto no dejó de surtir cierto efecto en el cochero del presidente. Vacilante, detuvo a sus caballos y, abriendo la ventanilla, intentó negociar con su cliente. Pero este se apoderó del látigo, que el cochero, inclinándose hacia atrás, dejaba colgar en la parte delantera del coche, y se vio a Domingo levantarse y azotar a los caballos gritando, lo que los asustó, de modo que el coche comenzó a correr a una velocidad endiablada, de calle en calle. Y sin descanso, Domingo azuzaba a los caballos que el cochero se esforzaba por contener.

Los otros tres carruajes lo seguían, por así decirlo, como sabuesos. En el momento más vertiginoso de aquella carrera endiablada, Domingo se volvió. De pie en el estribo, con la cabeza fuera del carruaje y el pelo blanco ondeando al viento, hizo a sus antiguos consejeros una mueca espantosa, la mueca de un niño colosal. Luego, levantando la mano, le tiró a Syme una bolita de papel a la cara y desapareció. Syme, en un movimiento instintivo para evitar que la bolita le diera en la cara, la recibió en sus manos. Estaba compuesta por dos pequeñas hojas arrugadas y enrolladas entre los dedos. En una, Syme leyó su propio nombre, y en la otra, el nombre del doctor Bull, seguido de una larga lista de letras, presumiblemente irónicas. La dirección del doctor, en cualquier caso, era mucho más larga que la misiva en sí, que se limitaba a esto:

«¿Qué pasa ahora con Martin Tupper?».

—¿Qué quiere decir ese viejo excéntrico? —preguntó Bull—. ¿Y a usted qué le dice, Syme?

La carta dirigida a Syme era más larga: «Nadie lamentaría más que yo la intervención del archidiácono. Espero que las cosas no lleguen a ese punto. Pero, por última vez, ¿dónde están sus botas? ¡Es imperdonable, sobre todo después de lo que ha dicho su tío!».

El cochero del presidente parecía recuperar cierto control sobre sus caballos, su ritmo se moderó y, en Edgware Road, los detectives acortaban la distancia, cuando se produjo una circunstancia que, en un primer momento, les pareció providencial. El tráfico se interrumpió debido a un camión de bomberos que se oía rugir y que pronto llegó con un ruido atronador. Pero, de un salto, Domingo se bajó del carruaje y saltó sobre el camión, que se lo llevó: en la tumultuosa lejanía, se le vio gesticulando ante los bomberos atónitos a los que daba explicaciones.

—¡Sigámoslo! —exclamó Syme—. ¡No hay forma de que se nos escape ahora! No se puede perder de vista un camión de bomberos.

Los tres cocheros, que habían quedado paralizados por la sorpresa, azotaron a sus caballos y, poco a poco, fueron reduciendo la distancia que los separaba de su presa.

El presidente, para mostrar lo agradecido que estaba por tanta diligencia, apareció en la parte trasera del camión, saludó a los detectives varias veces y les envió besos. Finalmente, le lanzó al inspector Ratcliffe un pequeño papel cuidadosamente doblado. Ratcliffe lo abrió, no sin impaciencia, y leyó lo siguiente: «Huyan inmediatamente. Sabemos toda la verdad sobre sus tirantes con resorte. Un amigo».

El camión de bomberos se dirigió hacia el norte y entró en un barrio que los detectives no reconocían. Se sorprendieron y se tranquilizaron un poco al ver al presidente saltar al suelo en el momento en que el camión pasaba junto a una alta valla sombreada por los árboles. No se sabía si Domingo lo había hecho por voluntad propia o por las exhortaciones cada vez más enérgicas de sus involuntarios anfitriones. Pero, antes de que los tres coches llegaran al lugar donde él se había bajado, había trepado por la verja como un gato enorme y había desaparecido entre las sombras del follaje.

Syme detuvo su coche, saltó al suelo con un gesto furioso y, a su vez, trepó por la verja. Ya estaba a punto de cruzarla y sus amigos iban a seguirlo, cuando se volvió hacia ellos con el rostro extrañamente pálido en la penumbra.

—¿Dónde estamos? —preguntó—. ¿Será esta la casa de este diablo? Me han dicho que tiene una en algún lugar del norte de Londres.

—¡Mejor que mejor! —gruñó el secretario mientras comenzaba a trepar por la verja—. Mejor que mejor, lo encontraremos en su casa.

—No, no es eso —dijo Syme frunciendo el ceño—. Oigo ruidos terroríficos, como si los demonios se rieran, estornudaran o se sonaran sus diabólicas narices.

—Sólo son sus perros ladrando —dijo el secretario.

—¡Como si son sus escarabajos ladrando! —dijo Syme con ira—, ¡o sus babosas, o sus geranios ladrando! ¿Alguna vez ha oído ladrar así a un perro?

Levantó la mano para pedir silencio. Desde la espesura resonaba un aullido lento y nasal que helaba los huesos y ponía los pelos de punta, un largo aullido que hacía vibrar el aire indefinidamente.

—Los perros de Domingo no son perros normales —dijo Gogol temblando.

Syme había saltado al otro lado de la verja.

—¡Escuchen! —dijo después de aguzar el oído—, ¿eso son perros?

Se oyó un grito medio ahogado, doloroso como el de un animal que protesta contra un dolor repentino, y luego un largo bramido de trompa.

—Es natural que su casa sea infernal —dijo el secretario—; pero, aunque fuera el mismísimo infierno, ¡yo iría!

Y cruzó la verja casi de un salto. Los demás lo siguieron. Atravesaron la espesa maleza y llegaron a un sendero. No se veía nada.

—¡Qué estúpidos! ¡Si seremos idiotas! —exclamó de repente el doctor Bull, aplaudiendo—: si estamos en el zoológico.

Mientras miraban a todos lados, buscando a su presa fugitiva, un guardián uniformado, acompañado de un civil, llegó corriendo.

—¿Ha pasado por aquí? —preguntó el guardia, sin aliento.

—¿Quién? ¿Quién? —preguntó Syme.

—¡El elefante! —respondió el guardián—. ¡Uno de nuestros elefantes se ha encabritado y se ha escapado!

—Se ha llevado a un anciano —añadió el otro, sin aliento—, a un pobre anciano de pelo blanco.

—¿Qué tipo de anciano? —preguntó Syme, muy intrigado.

—Un señor mayor muy gordo y corpulento, vestido de gris —respondió el guardián.

—Bueno, si ese es su anciano, si están seguros de que es muy grande, muy gordo y lleva ropa gris, créanme, ¡no es el elefante el que se lo ha llevado! ¡Es él quien se ha llevado al elefante! No hay elefante capaz de llevarse a ese señor mayor si él no consiente en ello... ¡Y, por Dios, ahí está!

Sin ningún género de dudas, a doscientos pasos de allí, atravesando el césped, con toda una multitud ruidosa y gesticulante siguiéndole los pasos, un enorme elefante gris avanzaba a zancadas, con el cuerpo tan rígido como la quilla de un barco y barritando como la trompeta del Juicio Final. A lomos del animal, el presidente Domingo estaba sentado, más tranquilo que un sultán en su trono. Con algún objeto afilado, espoleaba a su montura y la lanzaba a un galope frenético.

—¡Deténganlo! —gritaba la multitud—. ¡Va a salir del zoológico!

—¡No se puede detener una avalancha! —vociferó el guardián—. ¡Ya ha salido del zoológico!

¡Demasiado tarde! Un derrumbe definitivo y furiosos gritos anunciaron que el gran elefante gris acababa de abrirse paso a través de las rejas del jardín zoológico y escapaba por Albany Street, como si fuera un nuevo tipo de ómnibus rápido.

—¡Dios mío! —exclamó Bull—. ¡Nunca hubiera imaginado que un elefante pudiera correr tan rápido! Tendremos que coger más coches si no queremos perder de vista a nuestro hombre.

Mientras corría hacia la verja que el elefante acababa de atravesar, Syme tuvo una visión deslumbrante de los singulares animales encerrados en las jaulas. Más tarde, se sorprendió de haber podido distinguirlos tan claramente. Recordó sobre todo a los pelícanos, con sus extraños cuellos colgantes. Se preguntó por qué el pelícano es el símbolo de la caridad: tal vez por la caridad que se necesita para admirar a un pelícano. También recordó un enorme pico amarillo, con un pequeño cuerpo unido a uno de los extremos de ese pico. Guardó un recuerdo de aquel pájaro cuya viveza no podía explicarse, y pensó que la naturaleza nunca se cansa de hacer bromas misteriosas. Domingo había dicho a sus consejeros que lo entenderían cuando comprendieran las estrellas. Pero ¿acaso los propios arcángeles comprenden a ese pájaro de pico insolentemente excesivo?

Los seis desafortunados detectives se subieron a unos coches y se lanzaron en persecución del elefante. Sufrieron en carne propia el terror que el elefante sembró a lo largo de las calles por donde pasó. Esta vez, Domingo no se volvió. Se contentó con mostrar a sus perseguidores el sólido baluarte de su espalda indiferente, y esa indiferencia les afectó, les desconcertó aún más que sus enigmáticas bromas.

Pero, justo antes de llegar a Baker Street, lanzó algo al aire, con el gesto de un niño que lanza un balón para luego atraparlo. Sin embargo, a la velocidad a la que iban, ese algo cayó muy atrás, cerca de Gogol, quien, con la vaga esperanza de encontrar alguna pista, detuvo su coche de caballos y recogió el objeto. Era un paquete voluminoso, dirigido a Gogol en persona. Gogol descubrió que contenía treinta y tres hojas de papel, apretadas unas contra otras; la última, que se reducía a una estrecha tira, llevaba esta inscripción: «La palabra, en mi opinión, debe ser *rosa*».

El que había sido llamado Gogol no dijo nada, pero el tamborileo de sus manos y pies sugería la imagen de un jinete que espolea a su montura. Aquel prodigioso elefante de carreras fue atravesando calle tras calle, barrio tras barrio. Curiosas cabezas asomaban por todas las ventanas. El tráfico se veía desviado hacia las aceras. Como los tres carruajes seguían con exactitud la estela del elefante, los curiosos acabaron creyendo que se trataba de algún tipo de desfile, algo así como un reclamo, tal vez, para un circo. Y este cortejo devoraba el espacio a una velocidad que superaba toda imaginación. Syme divisó el Albert

Hall de Kensington, cuando aún creía estar en Paddington. El elefante aceleró el paso por las calles vacías del aristocrático barrio de South Kensington. Finalmente se dirigió hacia el punto del horizonte donde aparecía la enorme noria de Earl's Court. La noria creció y creció hasta llenar todo el cielo, como la rueda de las estrellas.

El elefante había dejado atrás a los coches. Los detectives lo habían perdido de vista en la sucesión de giros y, cuando llegaron a una de las puertas de la Exposición de Earl's Court, se encontraron bloqueados. Ante ellos se agitaba una enorme multitud alrededor de un enorme elefante. El animal se estremecía como una bestia acorralada. En cuanto al presidente, había desaparecido.

—¿Dónde está? —preguntó Syme al desmontar de su caballo.

—El jinete ha entrado corriendo en la Exposición —le dijo un guardia asustado. Y añadió, con tono ofendido—: ¡Qué jinete tan singular, señor! Me pidió que le sujetara el «caballo» y esto es lo que me dio.

Con aire disgustado, mostró una hoja de papel doblada con la siguiente dirección: «Al secretario del Consejo Supremo de los Anarquistas».

El secretario, furioso, abrió el papel y leyó lo siguiente:

Cuando el arenque corre una milla,
el secretario puede sonreír;
cuando el arenque vuela,
el secretario debe morir.

(Proverbio rural).

—¡Por qué demonios! —exclamó el secretario—. ¿Ha dejado entrar a este hombre? ¿Es habitual venir a su exposición a lomos de un elefante rabioso?

—¡Miren! —dijo de repente Syme—. ¡Miren allí arriba!

—¿Mirar qué? —preguntó el secretario, malhumorado.

—¡El globo cautivo! —dijo Syme, señalando el cielo con un gesto frenético.

—¿Y por qué iba a mirar el globo cautivo? ¿Qué tiene de especial ese globo cautivo?

—Nada —respondió Syme—, excepto que no está cautivo.

Todos contemplaron el globo inflado, que se balanceaba sobre la exposición como un globo de niño atado a su cuerda: un segundo después, la cuerda se cortó justo debajo de la barquilla y el globo liberado se elevó, ligero como una pompa de jabón.

—¡Por todos los demonios! —gritó el secretario—, ¡se ha escapado! —Y levantó el puño al cielo.

Llevado por el viento, el globo pasó por encima de ellos y pudieron ver la gran cabeza blanca del presidente, que los saludaba con benevolencia.

—¡Dios mío! —dijo el profesor, con ese tono lloroso de anciano al que su rostro arrugado y su barba blanca se habían acostumbrado para siempre—. ¡Dios mío! ¡Me parece que algo ha caído sobre mi sombrero!

Llevó una mano temblorosa al sombrero y encontró un trozo de papel enrollado, y en ese papel, un lazo de amor con estas palabras:

«Su belleza no me ha dejado indiferente; de parte de Pequeño Copo de Nieve».

Syme se mordió la perilla durante un largo rato y luego dijo:

—No me doy por vencido —declaró—. ¡Tiene que caer en algún sitio! Sigámoslo.

CAPÍTULO XIV

Los seis filósofos

A través de los verdes prados y en detrimento de los setos en flor, seis miserables detectives se abrían campo a través, a cinco leguas de Londres. El optimista del grupo había propuesto inicialmente perseguir en coche el globo que se dirigía hacia el sur. Pero se vio obligado a cambiar de opinión ante la obstinada negativa del globo a seguir el trazado de las carreteras y la negativa, aún más obstinada, de los cocheros a seguir al globo. En consecuencia, nuestros intrépidos pero exasperados peregrinos tuvieron que atravesar interminables campos arados y matorrales terriblemente densos, de modo que al cabo de unas horas estaban tan harapientos que tomarlos por pordioseros habría sido un cumplido. Las verdes colinas de Surrey fueron testigo de la trágica y definitiva catástrofe de aquel admirable traje gris claro que, desde Saffron Park, había acompañado fielmente a Syme. Su sombrero de seda quedó destrozado por una rama que salía de un árbol, las espinas de los arbustos desgarraron los hombros de su levita, y el barro arcilloso del suelo inglés lo salpicó de arriba abajo. Sin embargo, seguía llevando dignamente su barba rubia, y una voluntad implacable brillaba en su mirada fija en aquella bola de gas errante que, a esa última hora de la tarde, aparecía teñida como las nubes del ocaso.

—Después de todo —dijo—, ¡es hermoso!

—Es una belleza extraña y singular —admitió el profesor—, pero me gustaría que esa burbuja voladora estallara.

—Yo no lo desearía —dijo Bull—: el anciano podría sufrir por ello.

—¡Sufrir! —exclamó el vengativo profesor—. ¡Sufriría mucho más si yo pudiera ponerle la mano encima! «¡Pequeño Copo de Nieve!...».

—No sé cómo es posible —dijo el doctor Bull—, pero no le deseo sufrimiento.

—¿Cómo? —exclamó el secretario con amargura—, ¿es que se cree usted el cuento que nos ha contado? ¿Cree usted que era realmente el hombre de la cámara oscura? ¡Domingo es capaz de cualquier mentira!

—No sé si le creo o no —dijo Bull—, pero no es eso lo que quiero decir. No puedo desear que el globo explote porque...

—¿Y bien? —preguntó Syme, impaciente—. ¿Porque...?

—¡Pues porque Domingo es él mismo un globo! —respondió Bull, desesperado por no poder expresar claramente su pensamiento—. Que él sea el hombre de las tarjetas azules me confunde la razón y hace que nada tenga sentido. Pero no voy a ocultar que siempre he sentido simpatía por él, a pesar de su maldad. ¿Cómo explicarlo? Me parece que es un niño, ¡un niño grande! Tenga en cuenta que esta simpatía no me ha impedido luchar contra él con uñas y dientes. ¿Quedará más claro si digo que me gusta por ser tan gordo?

—No piense usted que eso lo deja mucho más claro —declaró el secretario.

—Ah, ya lo tengo: me gusta porque es a la vez tan grande y tan ligero, como ese globo. Lo natural es que un hombre grande sea pesado y, sin embargo, éste podría bailar con más gracia que una sílfide. Sí, ahora veo lo que quiero decir: una fuerza media se manifiesta por la violencia; una fuerza suprema se manifiesta por la ligereza. ¿Recuerdan aquellas cuestiones que nos gustaba discutir, como «¿qué pasaría si un elefante pudiera saltar como un saltamontes?».

—Nuestro elefante —dijo Syme levantando los ojos—, ha volado precisamente como un saltamontes.

—Y por eso —concluyó Bull—, no puedo evitar querer a este viejo Domingo. No es que admire la fuerza ni ninguna otra tontería por el estilo. Hay en todo esto una cierta alegría de un orden superior. Es como si nos trajera buenas noticias... ¿No han tenido alguna vez una sensación así, en una mañana de primavera? A la naturaleza le gusta gastarnos bromas, pero en una mañana de primavera sentimos que sus bromas tienen gracia... Yo nunca he leído la Biblia, pero ese pasaje del que todo el mundo se burla: «¿Por qué saltáis, colinas elevadas?», encierra una verdad fundamental: Las colinas, en efecto, saltan. Al menos, hacen esfuerzos visibles por saltar... ¿Por qué me gusta Domingo? ¿Cómo explicarlo? ¡Porque es un gran saltarín!

El secretario tomó la palabra a su vez. Su voz era singular, singularmente dolorosa:

—Bull, usted no conoce en absoluto a Domingo. Quizás no pueda conocerlo, porque usted es mejor que yo, porque no conoce el infierno. Siempre he tenido un carácter sombrío y decidido, algo retorcido. El hombre de la cámara oscura me eligió a mí porque, por naturaleza, tengo aspecto de conspirador, con mis ojos trágicos, incluso cuando sonrío, y mi mueca. Debe de haber en mí algo de anarquista... Cuando vi a Domingo por primera vez, no fue esa especie de vitalidad etérea de la que hablabas lo que noté en él, sino más bien esa crudeza y tristeza que hay en la naturaleza de las cosas. Fumaba en la penumbra, con las persianas cerradas, y esa penumbra era mucho más dura que la generosa oscuridad en la que vive nuestro jefe. Domingo estaba sentado en un banco: una masa humana informe, incolora y enorme. Me escuchó sin interrumpirme, sin moverse. Sin embargo, yo era elocuente, con una elocuencia trágicamente apasionada. Tras un largo silencio, aquella cosa comenzó a moverse, y tuve la impresión de que sus movimientos estaban determinados por alguna enfermedad secreta. Temblaba como una gelatina viva y repugnante. Me recordaba lo que había leído sobre esas materias ignominiosas que están en el origen de la vida, los protoplasmas, en el fondo del mar. Parecía un cuerpo en el momento de la disolución suprema, cuando es más informe y más aberrante, y me consolaba pensar que aquel monstruo era desdichado. Pero acabé descubriendo que aquella montaña bestial se sacudía con una risa tan enorme como ella, y que el chiste era yo. ¿Y creen que podré perdonarle eso alguna vez? ¡No es poca cosa recibir la burla de alguien a la vez más miserable y más fuerte que uno mismo!

—Sin duda, ambos exageran —dijo el inspector Ratcliffe con su voz clara y cortante—. El presidente es terrorífico intelectualmente, pero, físicamente, no es el monstruo de Barnum que ustedes imaginan. A mí me recibió en un despacho totalmente normal, muy iluminado. Llevaba una chaqueta gris a cuadros y el tono de su voz era perfectamente normal. Sin embargo, esto es lo que me sorprendió: la habitación y el aspecto del individuo era pulcro y adecuado, todo parecía estar en orden en él y a su alrededor, pero estaba distraído: por momentos, sus grandes ojos brillantes eran los de un ciego. De hecho, podía olvidarse durante horas de que usted estaba allí. Pues bien, la distracción, en un malvado, nos aterroriza. Un malvado debe, en nuestra opinión, estar constantemente alerta. No podemos imaginar a un malvado que se abandone sincera y honestamente a sus sueños, porque no podemos imaginar a un malvado a solas consigo mismo. Un hombre distraído es un hombre valiente. Si se da cuenta de nuestra presencia, después de haberla olvidado, nos pedirá perdón. ¿Cómo soportar la idea de un distraído que nos mataría si de repente se diera cuenta de que estamos ahí? Eso es lo que nos pone los nervios de punta, la distracción unida a la crueldad. Quienes han atravesado los grandes bosques han experimentado un sentimiento de este tipo, al pensar que las fieras son a la vez inocentes y despiadadas. Pueden ignorarnos o devorarnos. ¿Les gustaría pasar diez horas mortales en un salón, en compañía de un tigre distraído?

—Y usted, Gogol, ¿qué opina de Domingo? —preguntó Syme.

—No pienso en Domingo en absoluto: por principio, igual que no miro al sol al mediodía.

—Es una opción —dijo Syme pensativo—. ¿Y usted, profesor? ¿Qué opina?

El profesor, que caminaba con la cabeza gacha, arrastrando el bastón tras de sí, no respondió.

—¡Despierte, profesor! —insistió Syme alegremente—. Díganos qué piensa de Domingo.

Finalmente, el profesor se decidió:

—Lo que pienso —dijo lentamente—, no se puede expresar con claridad. O mejor dicho, lo que pienso, ni siquiera puedo pensarlo con claridad. Verán. Mi juventud, como saben, fue un poco desordenada e incoherente. Pues bien, cuando vi el rostro de Domingo, lo primero que observé, como todos ustedes, fue que tiene unas proporciones excesivas. Entonces pensé que era desproporcionado, que no tenía proporciones en absoluto, que era incoherente, como mi juventud. Es un rostro tan amplio que es imposible verlo a la distancia necesaria para que la mirada pueda concentrarse en él. El ojo está tan lejos de la nariz que ya no es un ojo. La boca ocupa tanto espacio que hay que considerarla por separado... Todo esto, por cierto, es demasiado difícil de explicar...

Se calló un momento, sin dejar de arrastrar el bastón, y luego continuó:

—Voy a intentar explicarme. Una noche, en la calle, vi una lámpara, una ventana iluminada y una nube que en conjunto formaban un rostro tan perfecto que era imposible confundirlo. Si hay alguien en el cielo con ese rostro, lo reconoceré. Pero pronto me di cuenta de que ese rostro no existía, que la ventana estaba a diez pasos de mí, la lámpara a mil y la nube más allá de la tierra. Así es como existe y no existe, para mí, la figura de Domingo: se desintegra, se escapa por la derecha y por la izquierda, como esas imágenes que el azar compone y destruye, dibuja y borra. Y así es como esta figura me hace dudar de todas las figuras. No sé si la suya, Bull, es realmente una, o si no es la perspectiva la que le da apariencia de figura. Quizás uno de los discos negros de sus malditas gafas esté muy cerca de mí, y el otro a cincuenta leguas. Las dudas del materialista no son más que una broma. Domingo me enseñó las peores de todas las dudas, las supremas, las dudas del espiritualista. Me convirtió en budista, según creo. Y el budismo no es una fe, es una duda. Mi pobre y querido Bull, decididamente no creo que tenga una figura: no tengo suficiente fe para creer en lo material.

La mirada de Syme seguía fija en el astro errante que, enrojecido por la luz del atardecer, parecía otro mundo, un mundo rosado, más inocente que el nuestro.

—¿Han notado —dijo—, lo más singular de sus descripciones? Cada uno de ustedes ve a Domingo a su manera, que es totalmente diferente a la de su compañero. Sin embargo, todos lo comparan con una sola y misma cosa: con el universo mismo. A propósito de él, Bull habla de la tierra en primavera; Gogol, del sol al mediodía; el secretario, del protoplasma informe; Ratcliffe, de la indiferencia de los bosques vírgenes; el profesor, de los cambiantes paisajes del cielo. Es extraño, y lo que es aún más extraño es que yo también pienso en el presidente como pienso en el mundo.

—Más rápido, Syme —dijo Bull—, no mires más el globo.

—Al principio sólo vi la espalda de Domingo —continuó Syme lentamente—, y al mirar esa espalda comprendí que era la de un hombre malvado. En la nuca y los hombros se percibía la formidable brutalidad de un dios simio. Y la inclinación de la cabeza era más propia de un buey que de un hombre. Tuve la repugnante sensación de que ante mí no había un hombre, sino una bestia vestida con ropas humanas.

—Continúe —dijo Bull.

—Y entonces ocurrió algo que me dejó estupefacto. Yo había visto esa espalda desde la calle, mientras Domingo estaba sentado en el balcón. Unos instantes más tarde, al entrar, lo vi desde el otro lado, lo vi de frente, a plena luz. Ese rostro me aterrorizó, como aterroriza a todo el mundo, pero no porque lo encontrara brutal o malvado. Me aterrorizó porque era hermoso y porque irradiaba bondad.

—¡Syme! —exclamó el secretario—. ¿Está usted loco?

—Era como el rostro de un viejo arcángel que dictaba juicios justos tras heroicas batallas. Había una sonrisa en sus ojos y, en sus labios, honor y tristeza. Era el mismo cabello blanco, los mismos hombros anchos vestidos de gris que había visto desde la calle. Pero, desde atrás, estaba seguro de ver a un animal, de frente, creí que era un dios.

—Pan —murmuró el profesor como en un sueño—. Pan era un dios y una bestia.

—Entonces, y desde entonces —continuó Syme—, como si hablara consigo mismo, ese fue para mí el misterio de Domingo. Ahora bien, ése es también el misterio del mundo. Cuando veo esa espalda aterradora, me convenzo de que el noble rostro no es más que una máscara. Pero basta con que vislumbre, en un instante, ese rostro, para saber que esa espalda es una broma. El mal es tan malo que sólo podemos ver en el bien un accidente. El bien es tan bueno que nos impone esta certeza: el mal se puede explicar. Pero todas estas ensoñaciones culminaron, por así decirlo, ayer, cuando perseguía a Domingo en un coche y me encontraba constantemente detrás de él.

—¿En aquel momento tuvo usted tiempo para pensar? —preguntó Ratcliffe.

—Tuve tiempo de tener un único y horrible pensamiento: me invadió la impresión de que la parte posterior del cráneo de Domingo era su verdadero rostro, un rostro aterrador que me miraba sin ojos.

Y me imaginé que ese hombre corría hacia atrás y bailaba mientras corría.

—¡Horrible! —dijo Bull con un escalofrío.

—Horrible es un eufemismo —dijo Syme—: fue exactamente el peor momento de mi vida. Y, sin embargo, unos minutos más tarde, cuando asomó la cabeza por la ventanilla de su coche y nos hizo una mueca de gárgola, sentí que era como un padre que juega al escondite con sus hijos.

—El juego está durando ya demasiado —observó el secretario frunciendo el ceño y mirando sus zapatos rotos de tanto caminar.

—¡Escúchenme! —exclamó Syme con extraordinaria energía—: ¡les voy a contar el secreto del mundo! Es que sólo hemos visto su parte trasera. Lo vemos todo por detrás y todo nos parece brutal. Esto no es un árbol, sino la parte trasera de un árbol; esto no es una nube, sino la parte trasera de una nube. ¿No comprenden que todo nos da la espalda y nos oculta el rostro? ¡Ojalá pudiéramos pasar al otro lado y verlo de frente!

—¡Oigan! —gritó Bull—. ¡El globo está descendiendo!

No era necesario gritar para informar a Syme del suceso: Syme no había apartado los ojos del globo. Vio cómo el enorme globo luminoso se detenía de repente en el cielo, vacilaba y luego descendía lentamente detrás de los árboles, como un sol que se pone.

Gogol, que apenas había abierto la boca durante todo el penoso viaje, levantó de repente los brazos al cielo, como un alma en pena.

—¡Ha muerto! —exclamó—. ¡Y ahora sé que era mi amigo, mi amigo en la oscuridad!

—¡Muerto! —se burló el secretario—. No tema. Si se ha caído de la barquilla, espere verlo retozando en la hierba como un potro joven.

—¡Hará sonar sus cascos! —dijo el profesor—. Así lo hacen los potros, así lo hacía Pan.

—¡Y dale con Pan! —exclamó Bull, irritado—: parece que cree usted que Pan lo es todo.

—En efecto —respondió el profesor—; en griego, *Pan* significa *Todo*.

—No olvide —observó el secretario, bajando la mirada— que también significa *pánico*.

Syme se había quedado absorto, ajeno a la conversación de sus compañeros.

—Ya veo dónde ha caído —dijo brevemente—. ¡Vamos! —Luego añadió, con un gesto indescriptible—: ¡Oh! ¡Si se hubiera dejado morir para burlarse de nosotros! ¡Sería una broma muy suya!

Se dirigió hacia los árboles lejanos con energía renovada. Sus ropas rasgadas ondeaban al viento. Los demás lo seguían, pero con paso vacilante, casi dolorido.

Y casi al mismo tiempo, los seis filósofos se dieron cuenta de que no estaban solos en el pequeño campo.

Desde el otro lado del prado, un hombre alto se acercaba a ellos. Se apoyaba en un extraño y largo bastón, parecido a un cetro. Vestía un elegante traje de corte antiguo y calzón corto, de un color que oscilaba entre el gris, el violeta y el azul, semejante a ciertas sombras del bosque. Su cabello era grisáceo y, al verlo con su calzón corto, parecía empolvado. Caminaba muy despacio y, de no ser por el blanco plateado de sus sienes, se podría haber mimetizado con las sombras de los árboles.

—Señores —dijo—, un coche de mi amo les espera en la carretera, muy cerca de aquí.

—¿Quién es su amo? —preguntó Syme sin moverse.

—Me dijeron que usted sabía su nombre —dijo el otro respetuosamente.

Se hizo un silencio, y luego el secretario preguntó:

—¿Dónde está ese coche?

—Está en la carretera, desde hace sólo unos instantes —respondió el desconocido—. Mi señor acaba de regresar a casa.

Syme miró a derecha e izquierda el trozo de campo verde en el que se encontraba. Los setos eran setos normales, los árboles no tenían nada de extraordinario, y, sin embargo, tenía la impresión de estar prisionero en el imperio de las hadas.

Examinó de arriba abajo al misterioso embajador, pero lo único que descubrió fue que la vestimenta del personaje era del color violeta de los árboles del bosque, y su rostro, de los tonos del cielo, exactamente: bronce, sangre y oro.

—Muéstrenos el camino —dijo.

Inmediatamente, el hombre se dio la vuelta y se dirigió hacia un lugar del seto donde, a través de un hueco, se veía la línea blanca de la carretera.

En aquella carretera, los seis viajeros vieron una fila de carruajes, como los que hay en las inmediaciones de un hotel de Park Lane. Junto a esos carruajes había lacayos vestidos con libreas gris azuladas. Todos tenían un porte orgulloso y solemne, muy poco común entre los sirvientes de un caballero, y que caracteriza más bien a los oficiales y embajadores de un gran monarca.

Había nada menos que seis carruajes, uno para cada uno de aquellos pobres harapientos. Los lacayos, llevaban espadas al costado, como si llevaran traje de corte y, en el momento de subir al coche cada uno de los amigos de Syme, las desenvainaban para saludarlos con un repentino destello de acero.

—¿Qué puede significar todo esto? —preguntó Bull a Syme en el momento en que se separaron—. ¿Será otra broma de Domingo?

—No lo sé —respondió Syme dejándose caer sobre los cojines—, pero si es una broma, es de las que usted decía: no es malvada.

Los seis aventureros habían pasado por muchas aventuras, pero ésta tenía algo especialmente sorprendente: era «cómoda». Estaban acostumbrados a las catástrofes, por lo que se quedaron atónitos ante el feliz giro que estaban tomando las cosas. No tenían ni idea de qué eran esos coches, se contentaban con saber que eran coches, y coches acolchados. No sabían quién era el anciano que los había guiado; se contentaban con saber que los había llevado hasta esos coches.

Syme se abandonó al destino. Mientras las ruedas giraban, observaba pasar la sombra fugaz de los árboles. Mientras tomar la iniciativa había sido una opción, él había mantenido alto su barbudo mentón. Ahora que todo se escapaba a su control, se abandonaba. Pronto, sobre los cojines, perdió la conciencia del tiempo y de las cosas.

Sin embargo, de forma vaga, casi imperceptible, se dio cuenta de que la carretera era bonita, y de que el coche atravesaba la puerta de piedra de una especie de parque y luego subía una colina, con una arboleda a izquierda y derecha, cuidadosamente cultivada. Poco a poco, como si saliera de un sueño reparador, empezó a sentir un singular placer por todas las cosas. Había arbustos, y se dio cuenta de que eran lo que deben ser los arbustos, murallas vivientes; porque un arbusto es como un ejército humano, tanto más vivo cuanto más disciplinado es. Había grandes olmos más allá de los arbustos, y Syme pensó en el placer que les daba a los niños poder trepar por ellos. Luego, el coche describió una curva, sin esfuerzo, sin prisa, y vio una casa larga y baja, como una nube larga y baja al atardecer, bañada por la suave luz del ocaso.

A continuación, los seis amigos pudieron intercambiar sus impresiones. No se pusieron de acuerdo en los detalles, pero todos coincidieron en que ese lugar, por una razón u otra, les había recordado su infancia. Para unos era la copa de ese olmo, o esa curva del camino, ese trozo de jardín; para otros, la forma de esa ventana; pero todos afirmaron que recordaban más vívidamente aquel lugar que los rasgos de su propia madre.

La comitiva llegó a una puerta ancha, baja y abovedada. Un hombre vestido con el uniforme de los sirvientes, pero con una estrella plateada en el pecho de su traje gris, salió a recibirlos. Aquel imponente personaje, dirigiéndose a Syme, que estaba atónito, le dijo:

—Encontrará un refrigerio en su habitación.

Aún bajo la influencia de una especie de sueño magnético, Syme siguió al mayordomo, que subió una gran escalera de roble. Syme entró en un espléndido apartamento que parecía haber sido diseñado especialmente para él. Se acercó inmediatamente a un gran espejo, con el instinto de las personas de su clase, con la intención de arreglarse el nudo de la corbata o peinarse. Pero vio en ese espejo un rostro aterrador, sangrando por las heridas que le habían causado las ramas de los árboles, con su cabello rubio erizado como hierba marchita y sus ropas rasgadas flotando en largos flecos. Entonces se preguntó cómo había llegado a aquel castillo y cómo saldría de él. En ese mismo instante, un criado vestido de azul, que estaba a su servicio, entró y le dijo solemnemente:

—He preparado la ropa del señor.

—¡La ropa del señor! —repitió Syme con sarcasmo—; ¡pero si no tengo más que ésta! Y levantó con la punta de los dedos los festones de su levita, convertidos en guirnalda, esbozando un paso de *ballet*.

—Mi señor —prosiguió el criado— le hace saber que esta noche hay un baile de disfraces y le ruega se ponga la ropa que le ha preparado. Mientras tanto, hay embutido de faisán y una botella de borgoña que deseamos sea de su gusto, ya que la cena no será hasta dentro de unas horas.

—El faisán —dijo Syme pensativo—, es buena cosa, y el borgoña es algo excelente. Pero, en verdad, tengo mucha menos prisa por comer y beber que por saber qué significa todo esto y ver el traje que me han preparado. ¿Dónde está ese traje?

El criado cogió de una otomana una larga tela azul pavo real, bastante parecida a un disfraz de dominó; en la parte delantera brillaba un gran sol dorado y aquí y allá había estrellas y medias lunas.

—El señor deberá vestirse de Jueves —dijo el criado afablemente.

—De Jueves —repitió Syme, aún sumido en sus meditaciones—. No me parece muy cálido.

—Oh, señor, sí que lo es, llega hasta la barbilla.

—Está bien —dijo Syme con un suspiro—. No entiendo nada. Llevo tanto tiempo acostumbrado a las aventuras desagradables que basta una circunstancia agradable para desconcertarme. Pero quizá se me permita preguntar por qué me pareceré concretamente a Jueves al ponerme este blusón azul y verde, decorado con el sol y la luna. Esa estrella y ese planeta también brillan los demás días. Recuerdo haber visto la luna un martes.

—Perdón, señor —dijo el criado—: también hay una biblia para usted.

Y, extendiendo respetuosamente su índice, dirigió la atención de Syme hacia un versículo del primer capítulo del Génesis. Syme lo leyó con asombro. Era el pasaje en el que el cuarto día de la semana se asocia con la creación del sol y la luna. Aquí, al menos, se contaban los días a partir del domingo cristiano.

—Esto se vuelve cada vez más extraño —dijo Syme, sentándose en una silla—. ¿Qué son estas personas que proporcionan fiambre de faisán, borgoña, trajes verdes, biblias? ¿Es que ustedes lo proporcionan todo?

—Sí, señor, todo —respondió solemnemente el criado—. ¿Le ayudo a ponerse el traje, señor?

—Sí —dijo Syme impaciente—, ¡venga! ¡Póngamelo!

Pero, por mucho desdén que mostrara por aquella mascarada, se sintió extrañamente cómodo con aquel traje azul y dorado y, cuando le colocaron una espada en el costado, le pareció sentir el vago recuerdo de un sueño infantil.

Al salir de la habitación, se envolvió con orgullo y echó sobre su hombro izquierdo un pliegue de la tela flotante de manera que sobresalía la espada por el extremo inferior. Syme caminaba con el paso heroicamente cadencioso de un trovador.

Porque aquellos disfraces no disimulaban, sino que revelaban.

CAPÍTULO XV

El acusador

Al cruzar un pasillo, Syme vio al secretario en lo alto de una amplia escalera. Nunca había tenido ese hombre un aspecto tan noble. Vestía una amplia túnica de un negro absoluto, como una noche sin estrellas, atravesada por una ancha franja de un blanco puro, como un único rayo de luz. Aquel atuendo tenía un toque de gran severidad monástica. Syme no necesitó consultar la Biblia, ni tuvo que hacer un esfuerzo demasiado grande para recordar que el primero de los seis días es el de la creación de la luz en las tinieblas, lo que simbolizaba inequívocamente aquel atuendo. Y Syme admiró lo acertadamente que aquella sencilla vestimenta blanca y negra representaba el alma del pálido y austero secretario. ¡Ese amor inhumano por la verdad, ese oscuro frenesí que lo animaba contra los anarquistas y al mismo tiempo lo hacía pasar por anarquista! A Syme no le sorprendió que, incluso en ese lugar de abundancia y placer, la mirada de aquel hombre siguiera siendo severa. No había cerveza ni jardín cuyo aroma pudiera impedir que el secretario formulase una pregunta razonable. Pero si hubiera podido verse a sí mismo, Syme habría constatado que, por primera vez, se parecía realmente a sí mismo y a nadie más. El secretario representaba al filósofo enamorado de la luz en sí misma, original y sin forma. En Syme había que reconocer al poeta, que busca dar forma a la luz, convertirla en estrellas y soles. El filósofo puede enamorarse del infinito, mientras que el poeta siempre amará lo finito. Para él, el gran día no es aquel en que nació la luz: es el día en que brillaron el sol y la luna.

Al bajar juntos la gran escalera, se encontraron con Ratcliffe. Iba vestido como un cazador, con un traje verde primaveral, con un estampado de árboles que entrelazaban sus ramas. Ratcliffe era el hombre del tercer día, el que vio la creación de la tierra y de todas las cosas verdes. Su rostro cuadrado e inteligente, en el que se revelaba un amable cinismo, se adaptaba a ese papel.

Otro pasillo, de techo bajo y ancho, los condujo a un gran jardín inglés, iluminado con antorchas y hogueras. Allí, bajo esa luz fragmentada y múltiple, bailaban innumerables bailarines con trajes multicolores, de una fantasía loca que parecía querer reproducir todas las formas de la naturaleza. Había un hombre vestido de molino de viento, con enormes alas, otro de elefante, otro de globo, todo esto en alusión a episodios recientes. Syme descubrió incluso, con un curioso escalofrío, a un bailarín disfrazado de pájaro, con un pico dos veces más grande que su cuerpo, y recordó al extraño pájaro, ese problema viviente que había ocupado su imaginación mientras corría por el zoológico.

¡Pero cuántos otros objetos cobraban vida en aquel jardín! Había una farola que bailaba, un manzano que bailaba, un barco que bailaba. Era como si la melodía endiablada de algún músico loco hubiera convocado con una giga interminable a todos los objetos que uno encuentra por los campos y las calles. Mucho tiempo más tarde, cuando ya había pasado la madurez y vivía retirado, Syme no podía ver una farola, un manzano o un molino de viento sin preguntarse si no serían algunos participantes rezagados de aquella loca mascarada.

El césped estaba delimitado, por un solo lado, por un terraplén de vegetación, una especie de terraza como las que se encuentran a menudo en los parques de estilo antiguo. Allí se habían dispuesto siete asientos en forma de media luna: los tronos de los siete días. Gogol y Bull ya ocupaban los suyos; el profesor tomó asiento. La sencillez de Gogol-Martes quedaba certeramente expresada en un traje en el que se había dibujado la división de las aguas: la separación comenzaba en la frente y terminaba en los pies, en pliegues grises y plateados, como una lluvia torrencial. El profesor, que llevaba el nombre del día en que fueron creados los pájaros y los peces, formas elementales de la vida, vestía un traje violeta púrpura: los peces de ojos fijos y los extraños pájaros que abundaban en él simbolizaban esa mezcla de fantasía insondable y escepticismo que lo caracterizaba. La vestimenta del doctor Bull, el último día de la semana, estaba cubierta de animales heráldicos, rojos y dorados, y en la parte superior de su cabeza había la imagen de un hombre arrastrándose. Se recostaba en su asiento, con una amplia sonrisa en el rostro: era la imagen del Optimista, en su medio.

Uno tras otro, los peregrinos subieron el terraplén y, al sentarse en sus extraños asientos, fueron recibidos con un estruendoso aplauso: los bailarines les dedicaron una ovación real; se brindó con copas, se enarbolaron antorchas y se lanzaron al aire sombreros con plumas. Los hombres a quienes estaban reservados esos tronos eran hombres coronados con laureles excepcionales. Pero el trono central permanecía vacío. Syme estaba sentado a la izquierda de ese trono y el secretario a la derecha. El secretario se volvió hacia Syme mirando el lugar vacío y le dijo, frunciendo los labios:

—Aún no sabemos si ha muerto en aquel campo.

Apenas había terminado de hablar, cuando Syme percibió, en el mar de rostros humanos que tenía ante sí, un cambio a la vez aterrador y muy bello: era como si, detrás de él, se hubieran abierto los cielos. Era simplemente Domingo, que había pasado en silencio, como una sombra, y había tomado posesión del trono central. Estaba sencillamente envuelto en un blanco puro y terrible, y su cabello formaba llamas plateadas sobre su frente.

Durante mucho tiempo —probablemente horas— el gran *ballet* de la humanidad desfiló y bailó ante ellos, al son de una música alegre y animada. Cada pareja de bailarines tenía el significado de un cuento. Era un hada que bailaba con un buzón, una joven campesina con la luna... Y era a la vez absurdo como el cuento de *Alicia en el País de las Maravillas,* y grave y conmovedor como una historia de amor. Poco a poco, la multitud se dispersó. Las parejas se perdieron por los senderos del jardín o se dirigieron a la casa, donde se veía humear grandes cubas llenas de una mezcla hirviente y perfumada de vino o cerveza.

En el tejado de la casa, sobre una plataforma de hierro, una gigantesca hoguera rugía en un brasero, iluminando el campo en varios kilómetros a la redonda. Sobre los vastos bosques marrones y grises, proyectaba el efecto acogedor del fuego del hogar y parecía que su calor se elevaba incluso para llenar la noche. Pero esa hoguera también se fue apagando poco a poco. Las parejas se apretujaban cada vez más alrededor de los grandes calderos o, riendo y charlando, desaparecían por los pasillos de aquella antigua mansión. Pronto sólo quedaban una decena de paseantes en el jardín, y luego sólo cuatro. Finalmente, el último bailarín desapareció corriendo hacia el castillo y gritando a sus compañeros que lo esperaran. El fuego se apagó y, en el cielo, las lentas estrellas brillaban imperiosamente.

Los siete hombres estaban solos, como estatuas de piedra, en sus asientos de piedra. Ninguno de ellos había pronunciado una palabra. No parecían tener prisa por hablar, complaciéndose en ese silencio, escuchando el susurro de los insectos y el canto lejano de un pájaro. Entonces Domingo habló. Pero con un tono tan onírico que parecía más bien continuar una conversación interrumpida que iniciar una nueva.

Más tarde iremos a comer y a beber, dijo. Quedémonos juntos un rato, nosotros que nos hemos amado tan dolorosamente, que hemos luchado tan obstinadamente. Me parece recordar siglos de guerras heroicas, en las que siempre han sido ustedes los héroes, epopeya tras epopeya. ¡Ilíada tras Ilíada, en las que siempre fueron compañeros de armas! Que estos acontecimientos sean recientes o que se remonten al origen del mundo, poco importa, porque el tiempo no es más que una ilusión. Yo les envié a la batalla. Yo permanecía en la oscuridad, donde nada está creado, y para ustedes no era más que una voz que les exigía valor y una virtud sobrenatural. Oían esa voz en la oscuridad y luego ya no la oían nunca más. El sol en el cielo la desmentía, el cielo mismo y la tierra, la sabiduría humana, todo desmentía esa voz. Y yo mismo la desmentía cuando comparecía ante ustedes a la luz del día. Syme dio un respingo, pero el silencio no se rompió y lo incomprensible continuó:

Pero ustedes eran hombres. Guardaron el secreto de su honor, aunque toda la creación se convirtiera en un instrumento de tortura para arrebatárselo. Sé lo cerca que estuvieron del infierno. Sé, Jueves, cómo usted cruzó espadas con el rey Satán, y usted, Miércoles, cómo pronunció mi nombre en el momento de la desesperación.

Reinaba un silencio absoluto en el jardín iluminado por las estrellas, y el secretario se volvió implacable, con el ceño fruncido, hacia Domingo, y le preguntó con voz ronca:

—¿Quién es usted? ¿Quién es?

—Soy el Sabbat —respondió el otro sin moverse—: soy la paz del Señor.

El secretario se puso de pie de un salto, arrugando entre sus manos la preciosa tela de su vestimenta:

—Entiendo lo que quiere decir —gritó—, ¡y eso es precisamente lo que no puedo perdonarle! Sé que es la satisfacción, el optimismo y... ¿cómo se dice? La reconciliación final. ¡Pues bien! ¡Yo no estoy reconciliado! Si era el hombre de la oscuridad, ¿por qué fue también el domingo, ese ultraje a la luz? Si desde el principio ha sido usted nuestro padre y nuestro amigo, ¿por qué ha sido también nuestro peor enemigo? Llorábamos, huíamos, aterrorizados, el hierro frío nos atravesó el alma, ¡y resulta que usted es la paz del Señor! Oh, puedo perdonarle a Dios su ira, incluso cuando esa ira destruye naciones, pero no puedo perdonarle su paz.

Domingo no respondió ni una palabra, pero volvió su rostro de piedra hacia Syme, como para interrogarlo.

—No —dijo Syme—, yo no siento esa furia. Le estoy agradecido, no sólo por el buen vino y la hospitalidad de que disfrutamos aquí, sino también por las hermosas aventuras en las que nos ha sumergido y por tantas alegres batallas. Pero me gustaría saber. Mi alma y mi corazón están tranquilos y felices como este viejo jardín, pero mi razón no deja de gemir: ¡Necesito saber!

Domingo miró a Ratcliffe, quien dijo con voz clara:

—Me parece *curioso* que haya estado en ambos bandos a la vez, luchando contra sí mismo.

Bull dijo:

—No entiendo nada, pero soy feliz. Hasta el punto de que me estoy durmiendo.

—Yo no estoy feliz —dijo el profesor, con la cabeza entre las manos—, porque no lo entiendo. Me ha hecho acercarme demasiado al infierno.

Y entonces dijo Gogol, con la absoluta sencillez de un niño:

—Me gustaría saber por qué he sufrido tanto.

Domingo seguía sin decir nada. Se mantenía inmóvil, con su poderoso mentón apoyado sobre su mano y la mirada perdida en lontananza.

—He escuchado sus quejas una tras otra —dijo por fin—. Y ahora, creo, llega otro con más quejas. Escuchemos.

Una última llama del gran brasero proyectó sobre el césped un último destello, que se alargó como una barra de oro incandescente. Sobre ese rayo de luz se recortaban, de un negro intenso, las piernas de un personaje que avanzaba, vestido completamente de negro. Llevaba un traje ajustado a la antigua y pantalones con hebillas, como los que llevaban los criados del castillo, pero en lugar de ser azules, su traje y sus pantalones eran de un negro absoluto. Al igual que los criados, llevaba una espada al costado.

Cuando se acercó a la media luna que formaban los siete días y levantó la cabeza para mirarlos fijamente, Syme reconoció en un instante el rostro ancho, casi simiesco, el pelo rojo y espeso y la sonrisa insolente de su viejo amigo Gregory.

—¡Gregory! —exclamó Syme levantándose a medias de su trono—. ¡Aquí está por fin, el auténtico anarquista!

—Sí —dijo Gregory amenazante y controlándose—, soy un anarquista auténtico.

—«Y así llegó un día —murmuró Bull que parecía haberse quedado dormido para siempre— en que los hijos de Dios se presentaron ante el Señor, y Satanás también vino entre ellos».

—Tienes razón —dijo Gregory mirando a su alrededor—. Soy el destructor. Destruiría el mundo si pudiera.

Un sentimiento patético que parecía provenir de las profundidades de la tierra se apoderó de Syme, y habló de forma entrecortada e incoherente.

—¡Oh! —exclamó—, ¡oh, el más desdichado de los hombres, intenta ser feliz! Tienes el pelo rojo, como tu hermana...

—Mi pelo rojo, como llamas rojas, incendiará el mundo —dijo Gregory—. Pensaba que odiaba todas las cosas más de lo que cualquier hombre común podría odiar una sola cosa entre todas las cosas. Pero ahora veo que no hay nada ni nadie a quien odie tanto como a usted.

—Yo nunca le he odiado —dijo Syme con tristeza.

Entonces, la criatura ininteligible lanzó estos últimos gritos:

—¡Oh, ustedes! —exclamó—. ¡Nunca han odiado porque nunca han vivido! Sé quiénes son todos ustedes, desde el primero hasta el último. Son la gente importante, los hombres poderosos. Son la Policía, los hombres gordos y sonrientes, vestidos con trajes azules con botones de metal. Son la Ley, que nunca ha sido derrotada. ¿Hay acaso alguna alma verdaderamente viva y libre que no desee destruirles, aunque sólo sea porque nunca han sido derrotados? Nosotros, los rebeldes, sin duda decimos muchas tonterías sobre tal o cual crimen del gobierno. Pero el Gobierno sólo ha cometido un único crimen: gobernar y existir. El pecado imperdonable del poder supremo es que es supremo. Yo no maldigo su crueldad. Ni siquiera maldigo (aunque tendría motivos para hacerlo) su bondad. Maldigo su paz y su seguridad. Ahí están sentados en sus tronos de piedra, de los que nunca han bajado. Son los siete ángeles del cielo. Nunca han sufrido. ¡Oh, ustedes que gobiernan a toda la humanidad!, les perdonaría todo si pudiera convencerme de que sólo por una hora habéis conocido la agonía que yo...

Syme saltó, temblando de pies a cabeza:

—¡Ahora lo entiendo todo! —exclamó—. ¡Entiendo todo lo que hay que entender! ¿Por qué todas las cosas de la tierra luchan contra todas las demás? ¿Por qué cada ser, por pequeño que sea, debe estar en guerra con el universo entero? ¿Por qué la mosca debe librar batalla contra el mundo? ¿Por qué la flor dorada debe librar batalla contra el mundo? Por la misma razón que me condenaba a estar solo en el Consejo de los Siete Días. Es para que cada ser fiel a la ley pueda merecer la gloria del anarquista en su aislamiento. Es para que cada uno de los defensores de la ley y el orden sea tan valiente y tan bueno como un dinamitero. Es para que la mentira de Satanás pueda ser rechazada en su cara. Es para que las torturas sufridas y las lágrimas derramadas nos den el derecho de decirle a este blasfemo: «¡mientes!». No podríamos pagar demasiado caro, con agonías demasiado crueles, el derecho a responder a nuestro acusador: «Nosotros también hemos sufrido». No, no es cierto que nunca hayamos sido destrozados. Hemos sido destrozados y torturados en el potro. No es cierto que nunca hayamos descendido de estos tronos: hemos descendido al infierno. Seguíamos quejándonos de sufrimientos inolvidables, en el mismo momento en que este hombre vino a acusarnos insolentemente de ser felices. Rechazo esa calumnia: no, no hemos sido felices, puedo decirlo en nombre de cada uno de los grandes guardianes de la Ley a los que ha acusado. Al menos...

Se había girado de tal manera que de repente vio el gran rostro de Domingo, que sonreía extrañamente.

—¿Usted alguna vez ha sufrido? —exclamó Syme con una voz terrible.

El gran rostro adquirió de repente unas proporciones aterradoras, infinitamente más aterradoras que las de la colosal máscara de Memnón que aterrorizaba a Syme en el museo, que le hacía llorar y gritar cuando era niño. El rostro se extendió cada vez más hasta llenar el cielo. Entonces, todo se desvaneció en la noche.

Pero Syme creyó oír, desde lo más profundo de la oscuridad, antes de que su conciencia se extinguiera por completo, una voz lejana que murmuraba aquellas viejas palabras, aquel antiguo lugar común que había oído en alguna parte:

«¿Podéis beber de la copa de la que yo bebo?».

***

Normalmente, en las novelas, cuando un hombre se despierta después de un sueño, se encuentra en un lugar donde, presumiblemente, pudo haberse quedado dormido: un sillón, donde bosteza, o algún campo, de donde se levanta agotado y exhausto. El caso de Syme fue, psicológicamente, de lo más extraño, si es que había algo irreal, en términos terrenales, en su aventura. De hecho, recordaba perfectamente, más tarde, que se había desmayado ante el rostro de Domingo que llenaba el cielo; pero le fue imposible recordar cómo había recuperado el sentido.

Apenas se dio cuenta, poco a poco, de que estaba en el campo, donde acababa de dar un paseo con un compañero amable y comunicativo. Este había tenido un papel en el sueño de Syme: era Gregory, el poeta de cabello rubio. Caminaban como viejos amigos y conversaban sobre algún tema sin importancia. Syme sentía en sus miembros un bienestar sobrenatural y en su alma una claridad cristalina que era superior a todo lo que decía y hacía. Sabía que estaba en posesión de una nueva increíblemente buena, que hacía que todo lo demás resultará baladí y, sin embargo, adorable.

El amanecer esparcía sobre las cosas sus colores claros y contenidos. Era como si la naturaleza, por primera vez, se atreviera a probar con el amarillo y después el rosa. La brisa era tan fresca, tan suave, que diríase que no venía del cielo, sino que se colaba por una abertura del mismo. Syme sintió se asombró como un chiquillo al ver alzarse a ambos lados del camino los irregulares edificios rojos de Saffron Park. Nunca habría imaginado que estaba tan cerca de Londres.

Instintivamente siguió un camino blanco, donde los pájaros de la mañana saltaban y cantaban, y llegó a la verja de un pequeño parque. Allí vio a la hermana de Gregory, la joven de cabello dorado, que recogía ramas de lilas antes del desayuno, con la inconsciente gravedad propia de una muchacha.

ÍNDICE